KB137687

헨리 6세 1부

한국셰익스피어학회 작품총서 029

헨리 6세 1부
Henry VI, Part I

윌리엄 셰익스피어 지음
오수진 옮김

도서출판 동인

발간사

지금까지 셰익스피어 작품에 대한 번역은 끊임없이 다양한 동기에 의해 진행되어 왔다. 초창기 셰익스피어 작품 번역은 일본어 번역을 우리말로 옮기는 작업이었다. 일본이 서구에 대한 수용을 활발한 번역을 통해서 시도하였기 때문에 일본어를 공부한 한국 학자들이 번역을 하는데 용이했던 까닭이었다. 하지만 이 경우는 문학적인 차원에서 서구 문학의 상징적 존재인 셰익스피어를 문학적으로 소개하는 것이 목적이어서 문어체를 바탕으로 문장의 내포된 의미를 부연하게 되어 매우 복잡하고 부자연스러운 번역이 주조를 이루었던 것이 문제가 되었다.

그 다음 세대로서 영어에 능숙한 학자들이나 번역가들이 셰익스피어 번역에 참여하게 되었다. 셰익스피어 작품에 대한 수많은 주(note)를 참조하여 문학적 이해와 해석을 곁들인 번역은 작품의 깊이를 파악하는데 많은 도움이 되었다고 볼 수 있다. 하지만 셰익스피어 작품을 무대에 올리는 배우들에게는 또 다른 문제가 생길 수밖에 없었다. 문학적 해석을 번역에 수용하는 문장은 구어체적인 생동감을 느낄 수 없었고, 호흡이 너무 길어 배우가 대사로 처리하기에 부적합하였다.

이런 문제점을 해결하기 위해서 번역가마다 각자 특별한 효과를 내도록 원서에서 느낄 수 있는 운율적 실험을 실시하기도 하였다. 그런 시도는 셰익스피어 번역에 새로운 분위기를 자아내었을 뿐 아니라 다양한 번역이 이루어져 나름의 의미가 있었다고 본다. 반면에 우리말을 영어식의 운율에 맞추는 식의 인위적 효과를 위해서 실험하는 것은 배우들이 대사 처리하기에 또 다른 부자연성을 느끼게 하였다.

　　한국에서 셰익스피어를 연구하는 학자들이 모이는 한국셰익스피어학회에서 셰익스피어 탄생 450주년을 기념하여 셰익스피어 전작에 대한 새로운 번역을 시도하기로 하였다. 우선 이번 번역은 셰익스피어 원서를 수준 높게 이해하는 학자들이 배우들의 무대 언어에 알맞은 번역을 한다는 점에서 차별성을 두고자 한다. 또한 신세대 학자들이 대거 참여하여 우리말을 현대적 감각에 맞게 구사하여 번역을 하자는 원칙을 정하였다.

　　시대가 바뀔 때마다 독자들의 언어가 달라지고 이에 부응하는 번역이 나와야 한다고 본다. 무대 위의 배우들과 현대 독자들의 언어감각에 맞는 번역이란 두 마리 토끼를 잡는 것은 그리 쉬운 일은 아니지만 매우 의미 있는 일일 것이다. 이번 한국 셰익스피어 학회가 공인하는 셰익스피어 전작 번역이 성공적으로 이루어지도록 뒷받침하는 도서출판 동인의 이성모 사장에게 심심한 감사의 뜻을 전하며 인문학의 부재의 시대에 새로운 인문학의 부활을 이루어내는 계기가 되리라 믿는다.

2014년 3월
한국셰익스피어학회 17대 회장 박정근

　　2012년 한국셰익스피어학회에서 셰익스피어 전작번역작업을 기획한다는
소식을 접하고 역자는 고민 끝에 신청을 하였다. 그런데 너무 뒤늦게 합류한
나머지 남아 있는 작품이 거의 없어서 자의반 타의반으로『헨리 6세』1부를
선택하였다.『헨리 6세』는 우리나라 학부 과정에서 거의 다루어지지 않는 편
이며, 역자 역시 대학원 박사과정에 와서야 처음으로 접하였다. 이후 거의 10
년 만에 이번 기획을 통해 다시『헨리 6세』를 읽게 되었다. 전에는 수업 시간
에 발표를 위한 목적으로 읽어서 토론 거리를 찾아내는데 급급해하며 읽었다
면 이번에는 작품 번역을 위해 사건의 흐름과 등장인물들의 상황과 감정에
이입하며 읽도록 노력했다.『헨리 6세』3부작은 셰익스피어가 습작기에 쓴
초기작으로 여러 가지 면에 있어서 셰익스피어의 본격 희극이나 비극에 비해
완성도가 떨어지고 매끄럽지 않다는 평을 많이 받는다. 하지만 셰익스피어는
『헨리 6세』에서 역사적 사실을 자유롭게 조정 및 정리하고 스스로 창작한 장
면들을 삽입하여 문학작품으로서의 가치를 부여하고 있다. 또한 이 작품으로
셰익스피어가 런던에서 극작가로서 확고한 위치에 서게 되므로 작품의 가치

를 충분히 인정해야 한다고 생각한다.

번역 텍스트로는 아든 셰익스피어 시리즈 3편을 중심으로 참고하였고, 케임브리지 편집본과 옥스포드 편집본의 주석을 함께 참고하였다. 이번 기획의 목표가 학문적 텍스트 읽기가 아닌 무대공연을 위한 대본작성이라는 점을 감안하여 구어체로 옮기고 한자식 표현을 최대한 자제하려고 노력했지만 원문과 가깝게 번역하기 위해서 어색한 문어체 표현이 종종 보인다. 주석을 최대한 자제하라는 학회 번역방침에 따라 독자의 이해를 돕기 위해 일부분만 각주로 처리하였다. 무엇보다 역자가 처음으로 셰익스피어 작품을 번역해 보는 것이라 많이 부족해 큰 아쉬움이 남는다. 하지만 현재 우리나라에 『헨리 6세』 3부작이 다른 작품들에 비해 번역이 많이 이루어지지 않고 있기 때문에 역자의 부족한 번역본이 셰익스피어를 사랑하는 독자들과 관객들에게 조금이나마 도움이 되기를 바란다. 아울러 아직 『헨리 6세』 3부작이 우리나라에서 제대로 공연된 적이 없기 때문에 이번 기획을 계기로 우리나라에서도 『헨리 6세』 공연을 자주 볼 수 있기를 고대한다.

2016년 6월

오수진

| 차례 |

등장인물

런던과 영국 궁정
글로스터 공작   섭정, 헨리 6세의 숙부
엑스터 공작
워릭 백작
윈체스터 주교   헨리 보포, 왕의 종조부, 그리고 후에 추기경
소머셋 공작
우드빌   런던탑의 부관
리처드 플랜타저넷   후에 요크 공작 그리고 프랑스 섭정
서포크 공작   윌리엄 드 라 폴
버논   법정 서기, 리처드 플랜타저넷 당에 합류
에드먼드 모티머
헨리 6세
바셋   소머셋 공작의 추종자
세 명의 사자들   헨리 5세의 장례식에서
두 명의 런던탑 간수들
윈체스터와 글로스터의 하인들
런던 시장
런던 시장의 경관
템플 법학원의 변호사
에드먼드 모티머의 간수들
교황 특사
대사들

프랑스에 있는 잉글랜드 군대
베드포드 공작   프랑스 섭정
설즈베리 백작
탈봇 경   후에 슈르즈버리 백작
기사 토마스 가그레이브
기사 존 파스톨프
기사 윌리엄 루시

존	탈봇 경의 아들
오를레앙 포위 시 병사들	
사자	존 탈봇 경에게
탈봇의 지휘관	
사자	요크 공에게
존 탈봇 경의 하인	

프랑스인들	
샤를	프랑스의 황태자
알랑송 공작	
레이니에	앙주와 메인의 공작, 나폴리와 예루살렘의 왕
오를레앙의 서자	
잔 라 퓌셀르	잔 다르크, 시골 처녀
버건디 공작	
오베르뉴 백작부인	
마가렛	레이니에의 딸
오를레앙의 포대장	
소년	포대장의 아들
프랑스군 하사관	
오를레앙의 보초들	
오베르뉴 백작부인이 탈봇 경에게 보내는 사자	
오베르뉴 백작부인의 문지기	
루앙의 4명의 병사들	
루앙의 파수꾼	
보르도 주재 프랑스군의 지휘관	
정찰병	
늙은 양치기	잔 다르크의 아버지라고 주장하는 양치기
악령들	
병사들	
프랑스의 전령관들	

1막

1장

잉글랜드, 웨스트민스터 성당

장례행진곡. 헨리 5세 왕 장례행렬 등장.
프랑스 섭정 베드포드 공작, 영국 섭정 글로스터 공작,
엑스터 공작, 워릭 백작, 윈체스터 주교,
그리고 소머셋 공작이 관을 따른다.

베드포드 하늘은 검은 장막으로 뒤덮이고. 낮은 밤에 굴복하라.

시대와 국가의 변천을 알리는 혜성이여,

그대들의 빛나고 투명한 머리칼을 하늘에 휘둘러,

헨리의 죽음에 찬성한ㅡ

5 헨리 왕의 죽음에 찬성한 고약한 반란의 별들을 응징하라

헨리 5세 왕, 명성이 높으셔서 오래 사실 수 없었소.

잉글랜드는 이제껏 이토록 위대한 왕을 잃은 적이 없었소.

글로스터 잉글랜드는 그 분 치세까지 왕을 모시지 못했습니다.

그분은 천하를 다스리기에 충분한 덕망을 지니셨으며,

10 그분이 칼날을 휘두르면 그 빛으로 사람들을 눈멀게 했으며,

그분이 팔을 벌리시면 용 날개보다 더 넓었으며,

불꽃 튀는 두 눈은 분노의 불로 넘쳐,

한낮의 태양이 적들의 얼굴에 비친 것보다 강렬하게

눈이 부셔 적들을 물러나게 했습니다.

어떻게 말을 해야 하나? 왕의 공적을 말로 다 할 수 있을까,   15
손을 드시면 반드시 승리하셨다는 거였지요.

엑스터 검은 상복이 아니라 피를 흘리며 애통해야 하지 않나요?
헨리 왕이 돌아가셨고, 다시는 살아오실 수 없어,
우리는 나무 관을 모시며,
예장을 갖추어 배석하여   20
승리자의 수레에 묶인 포로들처럼
불명예스러운 죽음의 승리를 장식하는 것이니.
어떠시오? 우리들의 영광을 이처럼 파멸시킨
불운의 별들을 저주해야만 하는 겁니까?
아니면 교활한 프랑스의   25
요술쟁이들이나 마법사들이 헨리 왕을 두려워해
주문으로 그분의 죽음을 획책했다고 생각해야 합니까?

윈체스터 헨리 왕은 왕 중의 왕이신 주님이 축복하신 왕이셨습니다.
프랑스인들한테는, 무시무시한 심판의 날보다
헨리 왕을 만나는 것이 더 끔직한 일이었을 것이오.   30
왕은 하느님의 전쟁을 치르신 분이셨지요.
교회의 기도로 헨리 왕이 그토록 흥하셨던 것입니다.

글로스터 교회라니? 그것이 어디 있소? 성직자들이 기도를 하지 않았다면,
왕의 생명의 실이 그리 빠르게 쇠해지지는 않았을 거요.
당신들은 그저 나약한 군주만 좋아하지,   35
그래야 학동처럼 당신네들이 압박할 수 있을 테니.

윈체스터 글로스터 공, 우리가 좋든 싫든, 당신은 섭정으로,

군주와 영토를 마음대로 다스릴 수 있었지.

당신 부인은 기고만장하여, 하느님보다, 독실한 성직자들보다도

40　　　당신을 겁주지 않소.

글로스터　종교 얘기는 집어치우시오, 육욕 덩어리인 주제에,

1년 내내 교회에는 한 번도 안가다가—

어쩌다 자기 적들에게 저주의 기도를 하러 가는 주제에.

베드포드　그만, 말다툼일랑 그만하시고 마음을 가라앉히세요.

45　　　제단으로 가십시다. 전령관들, 진행하라.

금화 대신, 우리 무기를 제단에 바칩시다—

헨리 왕께서 돌아가신 마당에 무기가 무슨 소용이겠소.

후손들이여, 앞으로 비참한 세월이 있을 뿐

아기들은 어머니의 젖은 눈에서 흐르는 눈물을

빨 것이며,

50　　　이 섬나라는 짠 눈물로 아기를 기르는 유모가 되고

여인들만 남아 죽은 자들을 애도할 것이니,

헨리 5세시여, 당신의 영혼에 기도하오니,

이 왕국을 번성케 하시고, 내전을 막아 주소서

하늘에서 해로운 별들과 맞서 싸워 주소서.

55　　　당신의 영혼이 만들 별은 줄리어스 시저보다

훨씬 더 영광스러울 것이며, 혹은 더 찬란할 것이오—

사자 등장

사자　명예로운 대신들이여, 문안드립니다.

소인이 프랑에서 비통한 소식을 들고 왔습니다.

손실과, 학살, 그리고 궤멸에 대한 소식입니다.

기엔느, 샹파뉴, 랭스, 루앙, 오를레앙,   60

파리, 지조르, 푸아티에를 모두 완전히 잃었습니다.

베드포드 헨리 왕의 시신 앞에서 도대체 무슨 말을 하는 거냐?

목소리를 낮추어라, 이 대도시들을 잃었다는 소리를 들으시고

왕께서 관을 깨고 죽음에서 다시 일어나실 지도 모르니.

글로스터 파리를 잃었다고? 루앙이 항복되었고?   65

헨리 왕께서 정말 되살아나신대도,

이 소식을 들으시고 저승으로 가실 게다.

엑스터 어쩌다 그 도시들을 잃었는가? 어떤 반역이라도 있었느냐?

사자 반역이 아니라, 군사와 재정이 부족했습니다.

병사들 사이에서 이런 푸념이 있었어요,   70

여기 계신 분들이 계속 몇 개의 파벌로 나뉘어

전장에 군대를 보내 전투를 해야 하는 때도

누가 지휘를 맡는가를 놓고 말싸움 중이라고 말이죠.

한 쪽은 비용을 거의 안들이고 전쟁을 질질 끌려하고.

다른 쪽은 달려가려고 해도 날개가 없다고 한답니다.   75

또 다른 쪽은 비용을 전혀 들이지 않고,

교활한 감언이설로 평화를 얻을 수 있다고 한답니다.

깨어나세요, 꿈 깨요, 잉글랜드의 대신들이시여!

겨우 얻은 여러분의 명예를 더럽히지 마십시오.

당신들의 군장에 달렸던 프랑스의 백합꽃'은 잘려나가   80

잉글랜드 문장이, 반이 잘려 나간 것이 아닙니까.   [퇴장]

엑스터 왕의 장례식에서 견뎌낸 우리의 눈물도

　　　이 비보를 들으면 눈물의 홍수가 잉글랜드 전역으로 번지겠구나.

베드포드 이 일은 프랑스의 섭정인 제 탓입니다.

85　　철갑 옷을 내오라. 프랑스를 영토를 찾기 위해 싸울 것이다.

　　　이 수치스러운 비탄의 복장은 그만 벗어버리자!

　　　　　　　　　　　　　　　　　　　　　　　[그가 상복을 벗는데]

　　　프랑스 놈들에 상처를 안겨 주리라, 두 눈이 아니라

　　　그 상처가 잠시 중단된 그들의 비참함으로 눈물 흘리게 하겠다.

　　　　　　　　　그들에게 또 하나의 사자가 등장

두 번째 사자 대신님들, 재앙으로 가득 찬 이 편지를 보십시오,

90　　프랑스가 완전히 잉글랜드에 등을 돌렸습니다.

　　　남은 것이라고는 몇 개의 하찮은 소도시뿐입니다.

　　　샤를 황태자가 랭스에서 대관식을 치르려 하고

　　　오를레앙의 서자가 그에게 합류하고,

　　　앙주 공작, 레이니에도 가담하고

　　　알랑송 공작은 그 편으로 달려가고 있습니다.   [퇴장]

96 **엑스터** 황태자가 왕위에 올랐다고? 모두 도망쳐 그에게 붙는다?

　　　오 우리는 어디로 피해야 이 치욕을 피할 수 있는가?

글로스터 가긴 어딜 가겠소, 적들의 목을 치러 갈 수밖에.

---

1. flower-de-luces, 백합꽃을 상징하며 프랑스 왕실의 문장이었다.

베드포드, 섭정께서 꾸물거리신다면, 내가 결판을 내겠소.

베드포드 글로스터, 왜 내 전의를 의심하는 것이오? ₁₀₀

내 마음 속에 이미 군대는 이미 소집해놓았으니,

거기서 이미 프랑스는 짓밟힌 거나 마찬가지지.

또 다른 사자 등장

세 번째 사자 자애로운 대신들―지금 눈물로

헨리 왕의 관을 적시는 대신들께 슬픔을 더할 보고를

해야겠습니다. 강건한 탈봇 경과 프랑스 군 사이에서 ₁₀₅

벌어진 불운의 전투에 대한 소식 말입니다.

윈체스터 뭐라, 탈봇이 어떻게 이겼다구―그 얘긴가?

세 번째 사자 오 아닙니다. 탈봇 경이 적에게 당하셨다는 소식입니다.

그 경위를 좀 더 자세히 말씀드리자면.

지난 8월 10일, 무시무시한 탈봇 경께서 ₁₁₀

가까스로 6천에 이르는 병력을 가지고

오를레앙의 포위로부터 후퇴하실 때

2만 3천의 프랑스군에

둘러싸이고 공격을 받게 되었습니다.

경은 병사들을 전투대형으로 배치할 틈이 없었지요. ₁₁₅

궁수들 앞에 세워 줄 쇠말뚝도 없어서

병사들이 생울타리에서 뽑은 날카로운 막대기를

우왕좌왕 땅에 처박았습니다,

적의 기병대가 치고 들어오는 걸 막으려고 말이죠.

전투는 세 시간이 넘게 계속되었고,

용감하신 탈봇 경은 인간으로서 상상도 못할 정도로

칼과 창을 휘두르며 분전하셨습니다.

수백 명을 지옥으로 보냈으니, 누구도 그분께 맞서지 못했지요.

격분하신 경께서는 여기 저기 곳곳에서 살육을 자행하셨습니다.

프랑스인들은 악마가 무장을 했다고 비명을 지르고,

군대 전체가 그 모습에 멍하니 바라볼 수밖에 없었지요.

병사들은, 경의 용감한 정신을 알아차리자,

'탈봇, 탈봇 경을 따르자!'라고 크게 외쳤죠,

그리고 격전의 소용돌이 속으로 뛰어들었습니다.

기사 존 파스톨프가 비겁한 짓을 하지 않았더라면,

승전은 확정되는 것이었습니다.

기사 존이 전위 부대 맨 뒤에 배치되어,

병사들을 교체하고 따르는 임무였건만,

비겁하게 일격 한번 못하고 도망쳤어요.

여기서 아군이 무너지며 학살을 당했고,

완전히 적의 포위 속에 빠지고만 것입니다.

비열한 놈 하나가, 프랑스 황태자의 호의를 얻으려고,

탈봇 경의 등을 창으로 찔렀습니다 ─

프랑스 전군이 주력을 끌어 모은 힘으로도

감히 바라볼 수 없던 그분을 말입니다.

베드포드 탈봇이 살해당했다구? 그렇담 나도 죽어야지.

이처럼 훌륭한 지휘자가, 지원이 부족해,

비열한 적들한테 당하는 동안에

여기서 한가로이 호화롭고 편안하게 살아 있다니.

세 번째 사자 아닙니다, 그분은 살아 계신데 포로로 잡히신 겁니다.   145

스케일즈 경과 헝거포드 경도 함께 잡히셨습니다.

나머지 분들은 거의 살해당하시거나 포로로 잡히셨습니다.

베드포드 탈봇의 몸값은 내가 지불하겠다.

프랑스 황태자를 왕좌에서 서둘러 끌어내려

그자의 왕관을 내 친구의 몸값으로 삼겠다.   150

우리 귀족 한 명당 프랑스 귀족 네 명과 교환할 것이오.

그럼 경들, 먼저 실례하겠소. 할 일이 있어요.

큰 화톳불을 프랑스에 당장 피울 겁니다,

우리의 위대한 조지 성인 축제를 그 불로 치러야죠.

제가 일 만의 병사를 인솔할 것이니   155

그들이 펼치는 혈전으로 전 유럽을 떨게 만들겠소.

세 번째 사자 오를레앙을 포위중이니 마땅히 그러셔야 합니다.

잉글랜드 군은 지쳐서 도통 힘을 못 쓰고 있습니다.

병사들이, 적은 수로 엄청난 군대와 맞선 탓에

그들의 반란을 겨우 막고 있는 상황이라   160

설즈베리 백작²께서 지원군을 고대하고 계십니다.   [퇴장]

엑스터 경들, 헨리 왕께 한 여러분의 맹세를 기억하십시오.

프랑스 황태자의 숨통을 완전히 끊어버리던지

---

2. 탈봇과 함께 프랑스에서 전투에 참여한 장군으로 『헨리 6세 2부』에 등장하는 설즈
베리 백작의 장인이다.

아니면 경들에게 굴종시키든지 했던 맹세를요.

165 **베드포드** 기억하고 말구요, 그럼 이만 물러나

출전 준비 상황을 둘러보겠습니다. [퇴장]

글로스터 난 서둘러 런던탑으로 가겠소,

대포와 화약을 점검해야지.

그리고서 어린 헨리 왕의 즉위를 선포하겠습니다. [퇴장]

170 **엑스터** 난 어린 왕께서 계신 엘삼 궁으로 가리다,

왕의 특별 행정관에 임명되었기에,

거기서 왕의 신변의 안전을 위해 최선을 다하겠습니다. [퇴장]

윈체스터 각자 지위와 수행할 임무가 있는데

나만 제외되어 할 일이 없구나.

175 하지만 더 이상 빈둥대고 있지는 않을 테다.

왕을 엘삼³에서 훔쳐 내어,

공공복리의 가장 중요한 키잡이가 될 것이다.

퇴장

---

3. 1270년 헨리 3세가 사용했다고 기록된 왕궁으로 런던 남동쪽에 위치해 있고 제임스
   1세가 이곳을 사용한 마지막 왕이었다고 한다.

2장

프랑스, 오를레앙 근처

나팔 팡파르, 샤를 황태자, 알랑송 공작,
앙주 공작 레이니에, 고수 및 병사들과 함께 행군하며 등장

샤를   화성 마르스의 하늘에서의 궤도가 알려지지 않듯이
군신 마르스의 지상에서의 움직임도 오늘까지 알 수가 없구려.
최근에 화성의 빛이 잉글랜드 편에 내렸잖소,
지금은 우리한테 미소를 보내니 우리가 승자요.
중요한 도시 중 우리가 차지하지 않은 게 있소?   5
즐거운 마음으로 우리는 오를레앙 근처에 진을 쳤고
굶주린 잉글랜드인들이, 창백한 유령처럼,
한 달에 한 시간 정도 미미하게 우릴 공격해 올뿐이지.
알랑송   저들에겐 죽과 살찐 수소 고기가 떨어졌거든요.
노새처럼 처먹어야 할 판이니   10
여물을 입에 물고 있지 않으면.
비참한 꼴이, 꼭 물에 빠진 생쥐 같으니까요.
레이니에   포위를 풉시다. 왜 여기서 한가로이 이러고 있는 거죠?
우리가 두려워하던 탈봇이 잡혔어요.
남은 자는 미쳐 날뛰는 설즈베리 딱 한 명뿐인데,   15
그자도 걱정에 강심장이 빠져나갈 수밖에.

전투를 벌일 병력도 재력도 바닥 난 상태니까요.

샤를 울려라, 전투 경보를 울려라. 진격한다.

목숨을 걸고 싸우는 프랑스인들의 명예를 위해,

20 내가 한 발 물러나거나 도망치는 것을 본다면

그 자리에서 나를 죽여도 그 죄를 용서하겠다.

모두 퇴장

여기서 전투 경보. 프랑스군이 잉글랜드군에
커다란 손실을 입고 퇴각. 샤를 황태자, 알랑송 공작.
그리고 앙주 공작 레이니에 등장.

샤를 이게 무슨 꼴이냐? 내가 어떤 부하를 둔 게야?

개 같은 놈들, 겁쟁이들, 비열한 놈들! 난 결코 도망칠 생각이

없었는데 저놈들이 날 적진 한가운데 두고 내빼다니.

25 **레이니에** 설즈베리란 자 정말 필사적인 살인마입니다.

싸우는 폼이 살기가 지겨워진 놈 같아요.

다른 귀족들은, 먹을 게 없는 사자들처럼,

먹이를 보고 달려들 듯 우리를 덮쳤어요,

알랑송 역사가인 프루아사르[4]가 써 놓기를

30 잉글랜드는 에드워드 3세[5] 치세 때

---

4. Jean Froissart, 프랑스의 연대기 작가 및 시인.
5. 에드워드 3세(1312-1377)가 자신의 모친이 카페왕가 출신(샤를 4세의 누이)이라는
  이유로 프랑스 왕권을 요구하며 1337년에 필리프 6세에게 공식적인 도전장을 던지
  며 백년전쟁이 시작되었다.

올리버와 롤랑 같은 용사들을 길러냈다고 합니다만.

정말 더욱 그럴 듯하게 들리는 소리 아닙니까.

삼손들과 골리앗들 같은 자들만

전장에 보내니 말이죠. 병력은 1대 10인데도?

야위고, 마른 녀석들이 이런 용기와 담력을 지녔을 줄   35

누가 상상이나 했겠어요?

샤를 이 도시는 그만둡시다, 무모한 놈들이니,

굶었으니 더 날뛸 거요.

전부터 저들을 잘 알지. 차라리 자기들 이빨로

벽을 무너뜨리지, 포위는 안 풀 놈들이오.   40

레이니에 어떤 괴상한 연동장치 같은 게

저놈들 팔을, 시계처럼, 계속 치게 하는 것 같아요.

그렇지 않고서야 저놈들 버티듯 버틸 수가 없지요.

저들을 그냥 내버려 두는데 저도 찬성입니다.

알랑송 그리하십시오.   45

오를레앙의 서자 등장

서자 황태자 전하께선 어디 계시오? 전해 드릴 소식이 있소.

샤를 오를레앙의 서자구나, 잘 왔소.

서자 어째 상심해 보이시는 데다 안색이 창백하십니다.

이번 패배로 언짢으시옵니까?

심려 마시옵소서. 원조의 손길이 가까이 있습니다.   50

성스러운 처녀를 데려왔사온데,

이 처녀는 하늘의 계시를 받아,

이 지겨운 포위를 풀고 잉글랜드인들을

프랑스 국경 밖으로 몰아내라는 명을 받았습니다.

55 이 처녀는 옛 로마의 아홉 무녀를 능가하는

심오한 예지의 기운을 갖고 있으며,

과거와 미래를 볼 수 있습니다.

하명하소서. 불러들일까요? 제 말을 믿으소서.

제 말은 분명하고 틀림없는 사실이옵니다.

60 **샤를** 불러들이시오. 우선 능력을 시험해 봐야겠으니

레이니에, 공이 황태자인척 하고 내 자리에 서시오.

위엄 있는 얼굴로 당당하게 그 처녀에게 질문하시오.

이렇게 하면 그 처녀의 능력을 알 수 있겠지.

오를레앙의 서자, 무장한 처녀 잔과 함께 등장

레이니에 아름다운 처녀, 네가 이런 놀라운 재주를 부리겠다는 게냐?

65 **잔** 레이니에 공, 공께서 저를 속이시겠다는 겁니까?

황태자는 어디 계시오? 나오십시오, 뒤에서 나오세요.

전하를 전에 뵌 적은 없지만, 잘 알고 있습니다.

놀라지 마세요. 전 아무것도 숨기지 않습니다.

단 둘이서 은밀히 말씀드리겠습니다.

70 여러분 둘이만 남게 잠시 자리를 내주십시오.

레이니에 시작부터 대담하게 해내는군요.

잔 황태자 전하, 소녀는 양치기의 딸로 태어나,

아무런 학문도 배운 적 없습니다.
하찮은 제게 하늘과 성모 마리아께서
빛을 내려 주셨지요.   75
예, 제가 온순한 양들을 보살피며,
뺨에 타는 듯 햇볕을 쬐고 있는데,
성모 마리아께서 제 앞에 나타나셔서,
위엄으로 가득 찬 모습으로,
내 천한 직업을 버리고   80
조국을 재앙으로부터 구원하라고 말씀하셨어요.
성모님은 도와줄 것을 약속하시고 성공을 보장한다고 하셨습니다.
완전히 영광에 휩싸여 모습을 드러내셨습니다.
성모님께서 맑은 빛을 제 몸에 불어넣어주시니,
전에는 햇볕에 타서 거무스름했던 이 몸이   85
보시다시피, 아름다운 모습으로 축복받았습니다.
생각나시는 대로 무엇이든 물어보십시오.
이것저것 생각하지 않고 대답해드리겠습니다.
제 용맹을 과감히 전투로 시험해 보셔도 좋습니다,
제가 여성의 힘을 능가하는 것을 아시게 될 것입니다.   90
결단을 내려주십시오, 저를 전우로 받아주신다면,
전하는 행운을 잡으시게 되는 것입니다.

샤를 네 훌륭하고 과감한 말투에 놀라지 않을 수가 없구나.
단지 네 용기를 시험해 보겠다.
딱 한판만 나와 겨뤄보자.   95

네가 이긴다면, 네 말은 진실이고,

네가 진다면 모든 걸 믿지 않겠다.

잔 준비되었습니다. 이것이 제 예리한 장검입니다.

양면에 백합 다섯 송이가 새겨져 있는,

100   이것은 투렌느에 있는, 성 카트린느 교회 무덤에 있던

낡은 검 더미 속에서 고른 것입니다.

샤를 하느님의 이름으로, 덤벼라, 난 여자는 두려워하는 법 없으니.

잔 저 역시 절대 남자에게서 도망치지 않습니다.

            둘이 결투를 하고 성처녀 잔이 이긴다.

샤를 그만, 그대 손을 멈추라. 그대는 여장부 아마존[6]이다,

105   예언자 데보라[7]의 검으로 싸우는구나.

잔 성모님께서 절 도우시기에, 너무도 약한 저입니다.

샤를 누가 그대를 돕던, 날 도와야 하는 건 바로 너다.

너를 원하는 바람이 화급히 타오르는구나.

내 마음과 두 손을 순식간에 제압하고 말았다.

110   너를 위대한 처녀라고 불러도 좋겠는가,

나를 나의 군주가 아니라 하인으로 삼아다오.

바로 나 프랑스 황태자가 이렇게 간청한다.

---

6. 그리스 신화 속 아마존족은 여전사들의 부족으로 그들의 족장인 펜테실레이아
   (Penthesilea)는 종종 9명의 여성 영웅(nine female worthies) 중 한 명으로 인용되었다.

7. 여성 영웅(nine female worthies)의 한 명으로 가나안족속(Canaanites)에 맞서 이스
   라엘을 이끈 예언자

잔	저는 사랑의 의식으로 하는 간청은 받아들일 수 없습니다,
	제 소명은 하늘에서 성스럽게 받은 것이니,
	제가 이 나라에서 전하의 적을 모두 쫓아낸 후, 115
	보상을 생각해 볼 것이옵니다.
샤를	그동안, 엎드린 너의 종을 너그러이 바라봐주오.
레이니에	전하의 말씀이 너무 기신 듯한데.
알랑송	이렇게 말씀이 기신 걸 보니 분명,
	그 처녀의 속사정까지 살펴 들으시는 모양이로군. 120
레이니에	전하께서 적당을 모르시니, 소리를 내볼까요?
알랑송	우리 소인배들은 알 수 없는 얘기가 있으신가.
	저런 여자들은 혀로 재빠르게 사내를 유혹하거든.
레이니에	폐하, 어떻게 됐습니까? 어떤 결정을 내리셨나요?
	오를레앙을 포기하시렵니까, 아니면 구하시겠습니까? 125
잔	아니요, 구해야지요. 믿을 수 없는 겁쟁이들 같으니!
	제가 지켜드릴 테니 마지막 순간까지 싸우십시오.
샤를	잔의 말을 확증하리다, 끝까지 싸웁시다.
잔	저는 잉글랜드를 벌주는 채찍이 되라는 명을 받았습니다.
	오늘밤 틀림없이 적의 포위망을 뚫겠습니다. 130
	제가 이 전쟁에 들어왔으니,
	겨울날 성 마르텡의 여름 날씨와 고요한 날들을 기대하십시오.[8]
	영광이란 물 위에 퍼지는 파문과 같아,
	계속해서 크게 퍼져가다가

---

8. 성 마르텡 축제일인 11월 1일 경 늦가을의 좋은 날씨를 일컫는다.

마침내 넓게 퍼진 끝에 흩어져 사라져 버리는 겁니다.

헨리의 왕의 죽음으로, 잉글랜드의 파문은 끝입니다.

그 안에 있던 영광들이 사라져 버린 겁니다.

지금 저는 시저와 그의 행운을 실었던

당당하고 의기양양한 함선과 같습니다.

샤를 예언가 모하메드가 비둘기에서 영감을 얻었던가?

그대는 독수리에게서 영감을 받았구려.

콘스탄티누스 대제의 어머니인 헬렌도,

성 필립의 네 딸들도 그대 같지는 못했소.

넌 지상에 떨어진 비너스의 밝은 별이로구나.

어떻게 그대를 숭앙해야 충분하다 하겠는가?

알랑송 이렇게 지체할 게 아니라, 포위를 뚫으러 갑시다.

레이니에 여인이여, 우리의 명예를 구하기 위해 온 힘을 다하라.

오를레앙에서 적을 몰아내고, 불멸의 명예를 남겨라.

샤를 당장 하자, 어서, 착수를 해야지.

만일 그녀가 가짜라면, 어떤 예언자도 믿지 않을 것이다.

모두 퇴장.

3장

런던탑

글로스터 공작, 푸른 외투 차림의 하인들과 함께 등장

글로스터 오늘은 런던탑을 살펴봐야지.

헨리 왕의 서거 이후, 부정한 일이 있는 것 같으니.

간수들은 어디 갔느냐, 여기서 대기하지 않고?

하인 하나가 대문을 두드린다.

글로스터가 명하니, 대문을 열라.

첫 번째 간수 [탑 안에서] 누가 이리 야단스레 문을 두들기시오?   5

글로스터의 첫 번째 하인 글로스터 공작이시오.

두 번째 간수 [탑 안에서] 그가 누구든, 당신들 들여보낼 수 없소.

글로스터의 두 번째 하인 고얀 놈, 그게 섭정 경께 드리는 대답이냐?

첫 번째 간수 [탑 안에서] 주께서 섭정 경을 지켜 주기를. 경에 대한 답이오.

우리는 명령받은 대로 할 뿐이오.   10

글로스터 누가 네놈들한테 명령했느냐? 나 말고 누구 명령이 먼저란 말이냐?

내가 이 나라 유일의 섭정인데.

[하인에게]

대문을 부숴라, 내가 책임지겠다.

미천한 것들한테 내가 우롱당할 수야 있겠느냐?

글로스터의 하인들이 대문을 덮친다.
그리고 우드빌, 감독관이 문 안에서 말한다.

15 **우드빌** [탑 안에서] 왜 이리 시끄럽냐? 반역자들이 온 게야?
글로스터 들어보니, 이 목소리는 우드빌 감독관이구나?
    문을 열라! 글로스터가 들어가겠다.
우드빌 [탑 안에서] 진정하십시오, 공작님, 문을 열 수 없습니다.
    윈체스터 주교님께서 금하십니다.
20   주교님으로부터 공작님이든, 공작님의 하인이든
    들이지 말라는 특명을 받았습니다.
글로스터 비겁한 우드빌! 내 앞에서 그를 추켜세우겠다는 거냐?
    오만한 윈체스터, 그 시건방진 주교를,
    헨리, 고인이신 주군, 헨리 왕께서도 참고 봐줄 수 없었던 그자를?
25   네놈은 하느님한테도 국왕한테도 친구가 아니로다.
    문을 열라, 그렇지 않으면 네놈을 당장 파직시킬 테니.
우드빌 섭정께 문을 열어 드리시오,
    빨리 나오지 않으시면, 우리가 부숴 열겠소.

탑문 앞에 있는 섭정에게 윈체스터 주교,
황갈색 제복을 입은 시종들과 함께 등장

윈체스터 야심만만한 험프리 공께서 이게 무슨 짓이오?
30 **글로스터** 대머리 신부, 당신이 날 들이지 말라고 명령했나?

윈체스터 그렇다, 당신은 왕위를 찬탈한 반역자가 아닌가—

섭정은 무슨, 왕도 왕국도 지킬 생각이 없으면서.

글로스터 물러서지 못할까, 이 명백한 음모꾼 같으니.

당신이야말로, 돌아가신 주군을 시해하려고 음모를 꾸미고,

포주들 돈을 걸고 창녀들한테 면죄부를 주고 있잖아.　　　　　35

이런 오만방자한 행동을 계속한다면

네 추기경 두건 속에 싸서 패대기를 칠 테다.

윈체스터 당신이나 물러서라! 난 한 발짝도 안 움직여.

이곳은 다마스커스⁹가 되어, 넌 저주받은 카인이고,

네가 죽인다면, 동생 아벨을 죽이는 거다.　　　　　40

글로스터 내가 널 살해하지는 않겠다만, 쫓아내고 말겠다.

아기를 싸는 천처럼 네 자줏빛 사제복으로

네 몸을 싸서 여기서 끌어내겠어.

윈체스터 마음대로 해 봐라, 네 면전에서 맞설 테니.

글로스터 뭐라? 감히 면전이 어째?　　　　　45

특권지대라도 상관없으니, 모두 칼을 뽑으라.

　　　　　　　　　　　　　　[모두 칼을 뽑는대]

푸른 외투 대 황갈색 외투군. 대머리 신부, 네놈 턱수염 조심해라.

수염을 잡아당기고, 뺨 싸대기를 갈겨 줄 테니.

내 발로 추기경 모자도 짓밟아 버리겠다.

교황이든 교회의 위엄이든,　　　　　50

---

9. 다마스커스는 아담의 큰 아들인 카인이 동생 아벨을 살해한 장소로, 윈체스터는 글
　로스터의 아버지 헨리 4세의 배다른 형제이다.

네놈 턱을 붙잡고 위아래로 질질 끌어 줄 테니 말이다.

윈체스터 글로스터, 이 일에 대해 교황 앞에서 해명하게 할 거다.

글로스터 성병에 걸린 얼간아.[10] 난 이리 외칠 테다, '올가미, 교수대 올가미!'

저놈들 여기서 쳐내라니까. 왜 그냥 서 있게 두는 거냐?

55   양의 탈을 쓴 늑대야, 네놈은 내가 쫓아내 주마.

꺼져, 황갈색 외투놈들아―자줏빛 사제복을 입은 위선자도 꺼져라!

글로스터 하인들이 주교의 시종들을 쳐낸다.
소동 중 런던 시장 및 그의 경관들 등장

시장 저런, 경들, 최고 지위에 계신 두 분께서

이리 체면도 내팽개치고 평화를 깨시다니요.

글로스터 닥치시오, 시장, 내가 뭘 잘못했단 말이오.

60   여기 보포란 자가, 하느님과 왕을 무시하며,

런던탑을 자기 재산으로 취하려고 하는데.

윈체스터 여기 글로스터라는 자야말로 시민의 적이요,

항상 전쟁을 주장하고, 평화는 전혀 생각지도 않고,

당신들의 관대한 지갑에 과한 세금을 물게 하고 있고

65   교회의 권위도 뒤엎으려 하고,

왕국의 섭정이어서,

이 탑에서 무기를 빼내다가

왕세자를 억압하여 스스로 왕위에 오르려고 하고 있소.

글로스터 네놈은 말이 소용없으니 칼로 다스려야겠다.

---

10. Winchester goose, 매독에 걸린 증상을 뜻한다.

양쪽이 다시 난투를 벌인다.

시장 이런 격렬한 싸움을 진정시키기 위해서는   70
공개 포고령을 선포할 수밖에 없다.
자, 경관, 할 수 있는 한 크게, 외쳐라.

경관 지위 신분을 막론한 모든 사람들, 오늘 무장을 하고 이곳에 모여
하느님의 평화, 그리고 국왕의 평화를 거스른 자들, 폐하의 이름
으로 요구하고 명하노니 시민들은 각자 사는 곳으로 돌아갈 것   75
이며, 어떤 장검, 무기, 혹은 단검도 향후 갖고 다니거나, 다루거
나, 혹은 사용해서는 안 될 것이다, 어기는 자 사형이다.

싸움이 중지된다.

글로스터 추기경, 내 법을 어기지는 않겠다.
하지만 우리 다시 만나 자세한 애기를 나누도록 합시다.

윈체스터 글로스터, 다시 만나면 분명 대가를 치를 것이다.   80
오늘 일로 인해 심장의 피를 흘리게 될 거야.

시장 두 분께서 안 가시면 몽둥이세례를 동원하겠소,
[방백] 이 주교의 거만함은 악마보다 더 하군.

글로스터 시장, 실례하오, 당신은 시장으로서 할 일을 한 거요.

윈체스터 구역질나는 글로스터, 목 조심하라.   85
내가 머잖아 그 목을 베갈 테니.

양쪽이 따로따로 모두 퇴장

시장 남아 있는 자 없나 보고, 없으면 우리도 가자.

맙소사, 저 귀족들은 진짜 성깔 끝내주는군!
난 40년 동안 한 번도 안 싸운 일이 없는데.

모두 퇴장

4장

오를레앙

오를레앙의 포대장과 그의 아들인 소년 등장

포대장 얘야, 오를레앙이 포위되었다는 거 알고 있지,

그리고 잉글랜드인들이 성벽 밖을 점령했다는 것도.

소년 알아요, 아버지. 제가 몇 번 그들한테 포도 쐈는데 ─

안타깝게도 과녁에 맞지 않았어요.

포대장 이제 그러면 안 된다. 내가 시키는 대로 해야 해.   5

내가 이 도시의 포대장이니 ─

뭔가 해서 명예를 쌓아야지.

황태자의 첩자들이 알려준 바로는

잉글랜드인들이, 성벽 밖에 자리를 잡고,

저 탑의 쇠살대의 비밀 창살문으로   10

도시를 뚫어져라 내려다본다는 구나

그래서 그들이 가장 유리하게

우리를 포격 혹은 돌격으로 괴롭힐 방법을 찾아낸다는 거야.

우리의 불리한 점을 막기 위해

내가 대포를 탑을 향해 배치해 놓고,   15

3일 동안 적의 동태를 살피고 있는 거야.

내가 더 이상 여기 있을 수 없으니, 이제 네가 살펴봐라.

누구든 눈에 띄면, 달려와서 알려다오.

19   난 사령부에 있을 거니까.

소년   아버지, 꼭 그럴게요, 아무 걱정 마세요.   [포대장 퇴장]

절대이 나타나면, 절대 아버질 성가시게 안 하죠,

퇴장

설즈베리 백작과 탈봇 영주가 포탑 위로
다른 사람들-그 중에는 토마스 가그레이브 경과
윌리엄 글라스데일 경-과 함께 등장

설즈베리 탈봇, 나의 생명, 나의 기쁨, 다시 돌아오신 거요?

포로로 잡히시니 대접이 어떻던가요?

어떻게 해서 풀려나신 건가요?

25   이 포탑 위에서 제발 말씀 좀 해주시오.

탈봇   베드포드 공작께 포로가 한 명 있었는데,

상트레이유의 용감한 영주 퐁통이라 불리는 자요.

그와 나를 바꾸고 몸값으로 해서 내가 풀려난 거요.

그들이 나를 경멸하여 훨씬 더 지급이 낮은 병사와

30   바꾸려 했지만 내가 이를

거절하고, 조소하며 이렇게 멸시를 당할 바에야

차라리 죽고 싶다고 했지요.

결국 내가 원하던 대로 풀려났소.

하지만 오, 그 반역자 파스톨프가 내 가슴을 쑤셔 대는군요.

그자를 잡아올 수만 있다면   35
내 맨주먹으로 처단할 겁니다.

설즈베리 그런데 어떤 대접을 받으셨는지도 얘기해 주셔야죠,

탈봇 온갖 냉소와 멸시 그리고 경멸적 조롱을 받았어요.
그들은 나를 장터 광장으로 데려가서는,
대중들의 구경거리로 삼았어요.   40
그들이 '이자는,' '프랑스인들의 공포이며,
어린아이들을 놀라게 하는 허수아비다'라고 말했지요.
그때 나는 나를 끌고 가던 경관들을 뿌리치고
손톱으로 땅에서 돌멩이를 파내서
내 치욕을 구경하는 자들한테 던졌어요.   45
내 소름끼치는 얼굴을 보고 모두들 도망갔어요.
다들 갑작스레 죽을까봐 내 옆에는 못하더군요.
그들은 나를 철벽에 가두고도 불안했던지,
내 이름의 엄청난 공포가 그들 사이에 퍼져 있었던지
내가 강철 창살을 비틀어 뜯어내고   50
철석의 말뚝을 발로 차 박살낼 거라고 생각했나 보오.
그래서 선발된 명사수 경비병들을 내게 붙여
매 분마다 내 주변을 걸어 다니면서 감시했어요,
내가 침상에서 뒤척이기만 해도
바로 내 심장에 총을 쏘아댈 태세였소.   55

소년이 화승막대를 들고 무대를 지나간다.

설즈베리 경께서 고통당하신 얘기를 들으니 마음이 아픕니다.

하지만 충분히 되갚아 줘야죠.

지금 오를레앙 시는 저녁식사 시간이군요.

이 쇠살대를 통해 프랑스 병사들을 하나하나 세고

60   어떻게 요새를 쌓는지를 볼 겁니다.

들여다봅시다. 재미있는 광경이실 겁니다.

토마스 가그레이브 경과 윌리엄 글란스데일 경.

다음 포격 장소로 어디가 제일 좋을지

자네들의 명확한 의견을 듣고 싶소,

65 **가그레이브** 제 생각엔 북문입니다. 귀족들이 모여 있으니까요.

글란스데일 제가 보기엔 여기, 다리 방파제 쪽이 좋겠습니다.

탈봇 내가 보기에는 이 도시는 굶어죽게 만들거나,

가벼운 싸움으로 진을 빼거나 해야 할 것 같군요.

안에서 프랑스 측 포 소리,
그리고 설즈베리와 가그레이브가 쓰러진다.

설즈베리 오 주님, 이 비참한 죄인에게 자비를.

70 **가그레이브** 오 주님 이 애처로운 제게 자비를.

탈봇 갑자기 우리를 방해한 것이 무엇이지?

말을 해보시오, 설즈베리 경 – 그래도 할 수 있으면, 말을 해보시오.

어찌 된 거요, 모든 군인의 귀감이 되시는 분 아닙니까?

한쪽 눈과 볼이 떨어져 나갔다?

75   저주를 받아라 탑아! 이 처절한 비극을 빚어낸,

치명적인 손도 저주를 받아라.

설즈베리 경께서는 열세 번의 전투에서 이겼고,

헨리 5세 왕에게 제일 먼저 전쟁을 가르쳤지.

어떤 나팔이든 울리고 북이 둥둥대는 동안

전장에서 늘 장검을 휘두르셨는데.   80

경, 아직 살아 계시는가? 말씀은 못하셔도,

한쪽 눈으로 하늘을 쳐다보고 은총을 구하십시오.

태양도 한 눈으로 온 세계를 살피지요.

하늘이여, 설즈베리 경이 당신의 은총을 받지 못한다면

살아 있는 사람에게는 은총을 내리지 마소서.   85

토머스 가그레이브 경, 살아 있는가?

탈봇한테 말 좀 해 봐요. 아니면 눈길이라도.

경의 시신을 옮겨라. 내가 그의 시신을 묻는 걸 도울 테니.

[한 사람이 가그레이브의 시신을 들고 퇴장]

설즈베리 경, 이 위로의 말을 듣고 정신을 차리세요.

경께서 생명을 부지하실 동안―   90

경께서 손짓해 부르고, 내게 미소를 짓는 게,

이렇게 말하는 것 같소, '내가 죽거든,

잊지 말고 프랑스인들에게 되갚아 달라.'고 말이오.

플랜타저넷, 내 그러리다, 그리고 그대, 네로처럼,

류트를 연주하며, 도시가 불타는 것을 바라보시오.   95

프랑스는 내 이름만으로도 비참해질 것이니.

[전투 경보, 그리고 천둥과 번개]

이게 무슨 소동이냐? 하늘에서 무슨 소동이라도 일어났나?

이 전투 경보와 소란은 어찌 된 일이냐?

사자 등장

사자　영주님, 영주님, 프랑스군이 집결했습니다.

100　프랑스 황태자가, 새롭게 전쟁에 참가한 잔이라는

성스러운 예언녀와 함께

대군을 이끌고 포위망을 뚫고 오고 있습니다.

설즈베리가 몸을 일으키며 신음한다.

탈봇　들으라, 들어 보라, 임종하는 설즈베리 경의 신음 소리를,

경은 복수를 할 수 없을까봐 괴로워하시는 것이다.

105　프랑스 군이여, 내가 너희에게 설즈베리가 되리라.

성처녀건 매춘부이건, 황태자이건 돔발상어건,

내 말 뒷발굽으로 너희들의 심장을 짓밟아 버리고

뒤섞인 뇌수를 진구렁으로 만들 것이다.

설즈베리 경의 시신을 막사로 모셔라,

그런 다음 이 비열한 프랑스 놈들이 감히 어쩌겠다는 건지

110　한 번 시험해보자.

전투 경보 설즈베리를 운반하며 모두 퇴장

5장

오를레앙 안과 앞

다시 전투 경보. 그리고 탈봇이 프랑스 왕세자를
추적하고 몰아낸다. 그런 다음 성처녀 잔이
잉글랜드 군대를 쫓으며 등장했다 퇴장.
그리고서 탈봇 영주 등장.

탈봇 내 힘과 용기, 그리고 내 군대는 어디로 간 것이야?

우리 잉글랜드 군대가 퇴각한다, 저들을 막을 수가 없어.

무장한 계집애 하나에 쫓기다니.

[성처녀 잔 등장]

저기, 저기 오는군. 나와 한번 붙어 보자.

악마든, 악마의 어머니든, 내가 널 마법으로 불러낼 테니.   5

네 피를 뽑아주마—이 마녀야—¹¹

곧장 네 영혼을 네 주인인 악마에게 보내주마.

잔 덤벼라, 덤벼, 오로지 내가 널 수치스럽게 만들어줄 테니.

둘이 싸운다.

탈봇 하늘이여, 지옥이 이리 우세하도록 두고 보시다니요?

용기를 쥐어짜내느라 내 가슴이 터져도   10

---

11. 당시 마녀가 피를 흘리면 마력을 없앨 수 있다고 믿었다.

어깨에서 두 팔이 쪼개져 나가도
내 반드시 이 오만한 창녀를 벌하리라.

둘이 다시 싸운다.

잔 탈봇, 이제 그만하시지. 네 최후의 시간은 아직 오지 않았어.
난 오를레앙에 식량을 가져가야 해.

[짧은 전투 경보, 그런 다음 프랑스인들이
무대를 지나 병사들과 함께 도시로 들어간다]

15 할 수 있으면 날 따라잡아봐. 네 힘이 우습구나.
가서 굶어 죽는 네 부하들 기운이나 북돋아 주라고.
설즈베리가 유언장 쓰는 거나 도우시지.
오늘의 승리는 우리 것이다, 앞으로도 많은 날들이 그럴 것이고.

도시 속으로 퇴장

탈봇 머릿속이 도공의 돌림판처럼 빙글빙글 도는구나.
20 내가 어디 있는지 뭘 하는지 알 수가 없어.
마녀가 한니발처럼 힘이 아닌 공포로,
우리 군대를 물리치고 마음대로 정복해버리다니.
마치 벌들을 연기로, 비둘기들을 불쾌한 악취로
벌집과 비둘기집에서 쫓아내는 꼴이다.
25 저들이 우리를 난폭해서 잉글랜드 사냥개들이라 불렀는데
이제는 강아지처럼 울며 달아나는 신세라니.

[짧은 전투 경보. 잉글랜드 병사들 등장]

들어라, 동포들이여, 다시 전투에 나서든지

잉글랜드 군복에서 사자 문장을 찢어 내든지 둘 중 하나다.

문장을 포기하고, 사자 대신 양 문양을 집어넣든지.

늑대로부터 달아나는 양도   30

표범을 피해 도망치는 말이나 황소도

누차 복종시켰던 노예한테서 달아나는 너희들만큼은 아닐 것이다.

[전투 경보. 또 한 차례 소소한 전투]

안되겠구나. 참호로 돌아가라.

너희 모두 설즈베리의 죽음에 동조한 자들이다.

경의 복수를 위해 아무도 검을 휘두르지 않았다.   35

잔이 오를레앙에 입성했으니

우리 존재 혹은 우리가 무엇을 할 수 있었든지 소용이 없구나.

[병사들 모두 퇴장]

오 설즈베리 경과 함께 죽었어야 하는 건데!

이런 치욕을 당해 나는 얼굴을 들 수가 없구나.

퇴장. 전투 경보, 퇴각 나팔 소리

화려한 취주. 성벽 위로 성처녀 잔, 샤를 도팽,
앙주 공작 레이니에, 알랑송 공작 그리고
프랑스 병사들, 군기를 들고 등장

잔   성벽 위에 펄럭이는 우리 깃발을 달아라.   40

오를레앙을 잉글랜드인으로부터 구해냈습니다.

이렇게 잔은 약속을 수행하였습니다.

샤를 가장 신성한 창조물인, 정의의 여신 아스트레아의 따님이여,

이 승리에 대해 내가 어떤 영예로 보답해야 하겠소?

45   그대가 지킨 약속은 아도니스의 정원처럼

오늘 꽃을 피우면 다음 날 열매를 맺으니 말이오.

프랑스여, 그대의 영광스러운 예언녀의 승리를 찬양하라!

오를레앙 시를 되찾았으니,

짐의 왕국에 이보다 더 축복받은 일이 없었도다.

50 **레이니에** 온 시내에 종을 크게 울리셔야 하지 않습니까?

황태자 마마, 시민들에게 명하시어 화톳불을 피우고

거리마다 축제와 향연을 벌여

신께서 우리에게 내리신 기쁨을 경축케 하소서.

알랑송 우리가 용감하게 싸웠다는 소식을 들으면

55   프랑스인 모두 환희와 기쁨으로 어쩔 줄을 몰라 할 것입니다.

샤를 오늘의 승리를 이끈 자는 우리가 아니라 잔이오,

그 보답으로 나는 내 왕관을 잔과 나눠 쓰고,

내 왕국의 모든 사제와 수도사들이

행진하며 그녀를 예찬하는 노래를 끝없이 부르게 하리다.

60   멤피스의 로도페 것보다 더 웅장한 피라미드를

그녀를 위해 세울 것이오.

그녀가 죽으면, 그녀를 기리기 위해,

보석으로 가득히 장식한 다리우스의 관보다

더 값비싼 단지에 그녀의 재를 담을 거고,
중요한 축제 때   65
프랑스 왕들과 왕비들 앞에 옮겨 놓을 것이오.
더 이상 성 드니의 이름을 부르며 기도하지 않고
잔이 프랑스 수호성인으로 될 것이오.
이렇게 승리의 황금 대낮을 보냈으니
안으로 들어가, 그리고 성대한 연회를 여십시다.   70

화려한 취주. 모두 퇴장

2막

1장

오를레앙 안과 앞

성벽 위로 프랑스 하사관, 보초 두 명과 함께 등장

하사관 모두, 각자 자리에서 방심하지 말고 서 있어라.
어떤 소리든 병사의 기척이
성벽 가까이 느껴지면, 확실한 신호를 보내
초소에 알리도록.
보초 1 알겠습니다, 하사관님,

[하사관 퇴장]

5 　　　　　　　불쌍한 졸병신세구만,
다른 놈들은 고요한 침대에서 잠을 자건만,
어둠과 비, 그리고 추위 속에 억지로 보초를 서야하니.

탈봇 공, 베드포드 및 버건디 공작[12] 그리고 병사들,
공격용 사다리를 들고, 짐짓 장송 북소리를 내며 등장

탈봇 섭정 저하, 그리고 훌륭하신 버건디 공,
두 분께서 오셔서 아르투아, 왈롱, 그리고

---

12. 프랑스어로 부르고뉴. 헨리 5세로부터 베드포드와 함께 프랑스의 섭정으로 임명받
았고, 잔 다르크를 체포해 잉글랜드로 넘겼다.

피카르디 지역이 우리 편이 되었습니다─ 10

다행이 오늘 남 프랑스 놈들이 지나치게 방심하여,

온종일 진탕 마시고 연회를 벌이고 있습니다.

책략과 사악한 마법으로 얻은

저들의 기만을 되갚아 주기에 최상의 조건인

이 기회를 놓치지 말아야 합니다. 15

베드포드 겁쟁이 황태자! 명예를 손상시킬 작정인가,

자신의 팔뚝의 용기에 아무리 절망했기로

마녀와 힘을 합치고 지옥의 도움을 받다니.

버건디 반역자들은 달리 친구가 없지요.

헌데 저들이 그리 순결하게 여기는 처녀는 누구인가요? 20

탈봇 웬 처녀라고 합디다.

베드포드 처녀요? 그런데 그리 잘 싸워요?

버건디 머지않아 그 여자가 사내 꼴이 되지 않으면 좋겠는데.

프랑스 군대 깃발 아래에

첫 출정 때처럼 그녀가 갑옷을 입고 다닌다면 말이죠.

탈봇 뭐 저들은 그냥 귀신들과 어울리라고 놔둘 수밖에요. 25

신이 우리의 요새니, 신의 승리의 이름으로

저들의 단단한 성벽을 사다리 타고 기어오릅시다.

베드포드 오르시오, 용감한 탈봇, 우리가 그대를 따르리다.

탈봇 모두 같이 움직이면 말고, 제 생각에는

여러 갈래로 흩어져 올라가는 것이 좋겠습니다. 30

그래야, 혹시 우리 중 누가 실패하더라도,

남은 이들이 프랑스군의 저항을 뚫고 올 수 있을 테니.

베드포드 좋소. 난 저쪽 구석자리로 가겠소.

버건디   난 이쪽으로요.

베드포드와 버건디가 병사들 몇을 데리고 따로따로 퇴장

탈봇 탈봇은 여기서 올라가겠소, 실패하면 내 무덤이 될 것이오.
35 이제, 설즈베리 경, 경과 잉글랜드인 헨리 왕의
권리에 대해 내가 두 분께 얼마나 의무감을 느끼는지
오늘 밤에 보여드리겠습니다.

[잉글랜드 병사들] 외친다, 성 조지여, 탈봇!

탈봇과 그의 병사들이 사다리 타고 벽을 기어오른다.

보초 무기! 무기를 들어라! 적들이 공격해 온다!

전투 경보
프랑스 병사들이 속옷차림으로 벽을 뛰어 넘어온 후 퇴장.
여러 갈래로 오를레앙의 서자,
알랑송 공작, 그리고 앙주 공작 레이니에
옷을 반쯤 입고 반쯤 없는 상태로 등장.

알랑송 괜찮으시오, 영주님들? 모두 아무런 준비도 못하시고?
40 **서자** 무슨 준비요? 빠져나온 것만으로도 천만다행이에요.
레이니에 빨리 일어나 잠자리에서 빠져나와야 할 것 같았소,
침실 앞에서 전투 경보 소리를 들었으니.

알랑송 전쟁에 처음 참여한 이후 많은 공적을 보았지만

이보다 더 과감하고 극단적인

군술(軍術)에 대해 들어 본 적이 없어요.   45

사자 탈봇이란 자는 지옥의 악마임이 분명해요.

레이니에 지옥의 악마가 아니면, 천국의 총애가 확실하거나.

알랑송 저기 샤를 황태자께서 오십니다. 무사하시니 정말 다행이오.

샤를 황태자와 성처녀 잔 등장

서자 쯧, 성녀 잔의 품에서 무사하셨구먼.

샤를 이것이 네 마법이냐, 이 사기꾼 계집아?   50

네가 처음에는, 하찮은 승리를 맛보게 하며

우리한테 아첨을 떨더니만,

이제 그 열 배나 패전의 맛을 보게 하려는 거냐?

잔 황태자 전하께선 왜 자기 친구에게 화를 내십니까?

항상 제가 똑같은 힘을 내라는 말씀이십니까?   55

자나 깨나, 제가 이기지 못하면

저를 비난하고 제 탓으로 돌리시렵니까? ─

한심한 군인들 같으니, 당신들이 잘 경계했다면,

이런 급작스런 재앙은 일어나지 않았을 것이오.

샤를 알랑송 공작, 이건 공의 과실이었소,   60

오늘밤의 경계 책임자로서,

그 막중한 임무를 제대로 수행하지 않았으니.

알랑송 각 진영이 신이 맡은 구역처럼

철저히 지켰더라면

65   이토록 수치스럽게 공격당하지는 않았을 겁니다.

서자   제 진영은 안전했소.

레이니에   제 진영도 그랬고요, 폐하.

샤를   나도, 오늘 밤 내내 거의 자지 않고

보초들을 대신해

70   잔과 내 진영 사이를 오가며 감시했소.

그렇담 저들이 처음 어느 쪽으로 침입했단 말이요?

잔   경들, 더 이상 어느 쪽으로 왔는지는 거론하지 맙시다.

확실한 건 경계가 소홀한 곳이 뚫리고,

저들이 그곳을 찾아냈다는 것이오.

75   이제 남은 방법은 이것뿐이오 —

여기저기 흩어진 병사들을 모아서,

저들을 무찌를 새로운 계획을 세우는 것입니다.

전투 경보. 잉글랜드 병사가 '탈봇, 탈봇'하고 외치며 등장한다.
프랑스군은, 옷을 그냥 놔두고 도망친다.

잉글랜드 병사 놈들이 두고 간 걸 내가 가져가야겠다.

'탈봇'이라고 외쳐도 칼을 휘두르는 것이나 다름없지.

80   무기를 쓰지 않고 그분의 이름만으로

이리도 많은 전리품을 갖게 되었거든.

전리품을 들고 퇴장

2장

오를레앙 안

탈봇 영주, 베드포드 및 부르고뉴 공작, 지휘관과 병사들 등장

베드포드 날이 밝기 시작해 검은 외투로
대지를 뒤덮는 밤도 달아나는구나.
이제 퇴각 나팔을 울려 우리의 격렬한 추격을 끝내자.

퇴각 나팔 소리

탈봇 설즈베리 경의 시신을 가져와
이 저주받은 도시의 한복판에 있는   5
광장의 단상에 올리라.
이제 나는 그분의 영혼에 했던 맹세를 지켰노라.
그분이 흘리신 모든 피를 위해
오늘 밤 최소한 다섯 명의 프랑스놈들이 죽었다.
그분을 위한 복수로 어떤 파멸이 이루어졌는지를   10
후대에게 보여 주기 위하여
저들의 가장 중요한 성단 안에
묘지를 세워 그분의 시신을 안치하고,
그 위에, 누구나 읽을 수 있도록,

오를레앙의 약탈에 대해 새길 것이다.

그가 역적의 술수로 고통스러운 죽음을 맞았고,

그리고 그가 프랑스에 얼마나 공포스러운 존재였는지를.

하지만, 경들, 우리의 피비린 학살 속에서도

이상하게도 황태자나,

20 그의 신참 전사인 잘난 잔 다르크도,

그의 거짓된 동맹자들 어느 누구도 만나질 못했소.

베드포드 탈봇 경, 아마도 전쟁이 시작되었을 때,

잠자던 침상에서 급작스레 깨어났으니,

그들이 무장한 군인들 틈에 섞여

25 성벽을 뛰어넘어 들판으로 도망친 것 같소.

버건디 화염과 밤의 어스름한 안개 때문에

제대로 본 건지는 모르겠으나

내가 황태자와 그의 창녀를 겁나게 했다고 확신해요.

둘이 팔짱을 끼고 재빨리 달아나는 게,

30 밤이고 낮이고 떨어져서 살 수 없다는

서로 사랑하는 한 쌍의 야생 비둘기 같더군요.

여기 일이 정리되면,

전력을 동원해 저들을 쫓으십시다.

사자 등장

사자 모두 안녕하십니까, 귀족 여러분! 이 귀하신 분들 중 용맹으로

35 프랑스 전역에서 엄청난 칭송을 받는

호전적인 탈봇 장군이 어느 분이십니까?

탈봇 내가 탈봇이다. 내게 할 말이 있는 자가 누구이냐?

사자 덕망 높으신 부인인, 오베르뉴 백작부인께서,
장군님 명성을 흠모하셔서,
부인이 계신 누추한 성으로 방문해 주십사   40
간청하시려고 저를 보내셨습니다.
부인께서 온 세상에 명성을 퍼트리신 영광스런
장군님을 직접 뵙게 된 것을 자랑하실 거라 하십니다.

버건디 그렇소? 그렇담 우리 전쟁은
평화롭고 유쾌한 놀이로 바뀌지 않을까요,   45
숙녀분이 한번 보자고 간청하시니.
경께선 부인의 점잖은 청을 물리치지 마세요.

탈봇 물리치다니요, 이 세상 모든 사내들이
펼치는 온갖 웅변에도 넘어가지 않지만
여인의 다정함에는 쉽게 넘어간답니다.   50
그러니 부인께 호의에 감사드리며
뜻에 따라 바로 찾아뵙겠다고 전해라.
두 분도 같이 가지 않으시겠소?

베드포드 아니오, 그건 예의가 아니지요.
'불청객은 떠났을 때 가장 환영을 받는다.'는   55
말도 있지 않습니까.

탈봇 정 그러시다면, 혼자 가겠습니다—별 수 없으니—
내가 이 부인의 대접을 받아 보겠소.

지휘관, 이리 오라.

[그가 속삭인대

60   내 말 알겠는가?

지휘관 예, 장군님. 분부대로 하겠습니다.

따로따로 모두 퇴장

3장

오베르뉴, 백작부인의 성

오베르뉴 백작부인과 그녀의 문지기 등장

백작부인 문지기, 내가 시킨 일을 잊지 말아라.

　　　그리고 내 말대로 한 뒤에, 나에게 열쇠를 가져오너라.

문지기 마님, 그리하겠습니다.　　　　　　　　　　　　[퇴장]

백작부인 계략은 준비됐다. 모든 일이 제대로 맞아 떨어지면,

　　　난 이 업적으로 키루스를 죽인　　　　　　　　　　　5

　　　스키타이 여왕 토미리스[13]처럼 유명해질 거야.

　　　이 무시무시한 기사의 명성은 엄청난데다가,

　　　업적 또한 명성에 못지않으니.

　　　기꺼이 내 눈과 귀가 목격자가 되어

　　　이 희귀한 소문을 확인해 보리라.　　　　　　　　　　10

사자와 탈봇 영주 등장

---

13. 여성 영웅(nine female worthies)의 한 명. 키루스 2세를 죽인 스키타이족 일파인 마사게타이족의 여왕으로 헤로도토스의 『역사』에 따르면 키루스 2세가 마사게타이 정벌 당시 토미리스 여왕의 아들을 포로로 잡았고, 그녀는 아들이 수치심에 못 이겨 자살한 것에 격분하여 키루스 2세를 죽여 복수한다. 그리고 키루스 2세의 피가 가득 찬 주머니에 그의 머리를 담갔다고 한다.

사자   마님, 마님께서 바라시고

          전갈로 간청하신 대로, 탈봇 경께서 오셨습니다.

백작부인   어서 오시라 해라. 아니, 이 분이 그 분이시냐?

사자   마님, 그렇습니다.

백작부인   이자가 그 프랑스를 매질하는 채찍이라구?

15   이자가 탈봇이라구, 온 세상에 너무나 무서운 존재라

          어머니들이 그 이름만 대도 아기들이 울음을 그친다는?

          터무니없는 거짓 소문이었구나.

          난 헤라클레스나 제2의 헥토르를

          보겠구나 생각했는데. 단호한 모습에

20   다부진 체격의 큼직한 사나이라고 들었으니.

          아아, 이건 어린 애인데다, 무력한 난쟁이가 아니냐.

          이런 연약하고 쭈글쭈글해진 새우가

          적들을 공포에 떨게 만들었을 리가 없지.

탈봇   부인, 외람되게 제가 찾아왔습니다만,

25   부인께서 바쁘시니.

          나중에 다시 찾아뵙도록 하지요.

                    그가 가고 있다.

백작부인   왜 저러는가? 가서 어디로 가는지 물어라.

사자   잠시만, 탈봇 장군, 왜 이리 급작스레 떠나시는지

          마님께서 알고 싶어 하십니다 .

30 **탈봇**   그거야, 부인께서 내가 탈봇이라는 걸 안 믿으시니

탈봇이 여기 있었다는 걸 증명하러 가는 거다.

문지기가 열쇠를 들고 등장

백작부인 네가 바로 탈봇이라면, 그렇다면 너는 포로다.

탈봇 포로? 누구한테?

백작부인 나한테 말이다, 잔인한 놈아.

그래서 너를 내 집으로 불러들였고,

오랫동안 네 그림자는 나의 노예였지. 35

내 화랑에 네 초상이 걸려 있거든.

하지만 이제 그 실물이 똑같은 일을 당하게 될 거다.

여러 해 동안 포악을 일삼고

우리나라를 황폐화시키고. 우리 국민들을 학살하고.

우리의 아들들과 남편들을 포로로 잡아간 40

네 팔과 다리를 사슬로 묶어버릴 테다.

탈봇 하! 하! 하!

백작부인 웃느냐, 이 악마야? 네 웃음은 신음으로 바뀔 것이다.

탈봇 내가 웃는 것은 부인이 하도 어이가 없어서요.

부인이 벌을 주려는 자는 45

탈봇의 그림자에 불과하오.

백작부인 뭐라? 네가 그자가 아니더냐?

탈봇 진짜로 탈봇입니다.

백작부인 그렇다면 난 바로 실체 잡은 거지.

탈봇 아니, 아니죠. 난 내 자신의 그림자에 불과하오.

50   부인이 속으신 거요, 나의 실체는 여기 없소.

        당신이 보는 것은 아주 작은 부분이며

        인간의 아주 조그만 면에 불과하오.

        부인, 내 말하지만, 내 몸 전체가 여기 있다면.

        거대한 몸집에 키가 커서

55   부인의 지붕도 감당치 못할 것이오.

백작부인   수수께끼 같은 소리나 지껄이는 놈이로구나.

        탈봇이 여기 있을 것이지만, 여기 있지 않다니.

        그게 어떻게 말이 된단 말이냐?

탈봇   당장 보여 드리지요.

>   [그가 뿔나팔을 분다. 안에서 북소리 울리고, 시끄러운 대포 소리.
>
>   영국군 병사들 등장]

60   어떻소, 부인? 이제 아시겠소?

        탈봇이 자기 그림자에 불과하다는 사실을?

        이들이 탈봇의 실체고, 근육이고, 팔이고, 힘이며.

        탈봇이 당신 나라의 배반자들의 목에 멍에를 씌우고.

        도시를 파괴하고 마을을 뒤엎어 버리고

65   순식간에 황량한 벌판으로 만들어 버리게 했지.

백작부인   승리의 탈봇, 제 잘못을 용서해 주시오.

        장군께서는 알려진 명성보다 훌륭하시고,

        모습만으로 상상할 수 있는 것 이상이십니다.

        제가 주제넘었으나 노여워 마소서.

70   장군님을 모습 그대로 공손히

모시지 못해 죄송합니다.

탈봇 걱정 마시오. 아름다운 부인, 부인이 내 몸의

겉모양을 보고 오해하신 것처럼

제 마음을 오해하지 마십시오.

부인이 하신 일로 화나지 않았소.

정말로 바라는 것은   75

다름이 아니라, 부인께서 괜찮으시다면, 우리가

부인의 포도주를 마시고 진수성찬을 맛보고 싶소.

군인들의 위장은 늘 채울 준비가 되어 있으니.

백작부인 정성을 다하겠습니다. 저희 집에서

이토록 위대하신 용사를 대접하게 되어 영광입니다.   80

모두 퇴장

4장

템플 법학원 정원, 찔레 숲

리처드 플랜타저넷, 워릭 백작, 소머셋 공작,
서포크 백작 윌리엄 드 라 폴,
그리고 버논과 변호사 등 다른 사람들 등장

리처드 위대하신 영주와 신사 여러분, 왜 아무런 말씀도 안하십니까?

진실의 편에서 답변하실 분이 아무도 없단 말씀이오?

서포크 법학원 회당에서 소리가 너무 커서 곤란했는데

여기 정원이 더 편하겠어요.

5 **리처드** 그렇담 당장 내가 옳은 것인지 아니면

언쟁을 일삼는 소머셋이 틀린 것인지 말해보시오.

서포크 난 정말이지 법학 시간에 무단결석을 하곤 해서

내 의사를 법에 맞출 수가 없었고,

그래서 법도 내 의사를 맞춰주지 않네요.

10 **소머셋** 그렇담 워릭 경, 당신이 우리 둘 문제를 판단해 주시오.

워릭 두 마리의 매 중, 어느 쪽이 더 높이 나는지,

두 마리 개 중 어느 쪽이 더 크게 짖는지,

두 개의 칼날 중, 어느 쪽이 더 잘 담금질이 되었는지,

두 마리 말 중, 어느 쪽이 타기 좋은지,

15 두 명의 소녀 중, 어느 쪽의 눈웃음이 즐거운지에 대해서는

내가 어느 정도는 판단할 수 있지만
이런 까다롭고 예민한 법 문제라면,
글쎄요, 내 분별은 갈까마귀보다 나을 게 없습니다.
리처드 쯧, 쯧, 너무 빼지 마시고.
내 쪽에서 진실이 너무도 적나라하게 드러나 있으니   20
반쯤 먼눈에도 잘 보일 것이오.
소머셋 내 쪽에서도 너무 명백하고
너무 분명하고, 빛나고, 확실해서,
맹인의 눈을 통해서도 보일 것이오.
리처드 여러분들이 입을 꼭 다물고 말하기를 꺼려하시니,   25
묵언의 손짓으로 여러분의 생각을 나타내보세요.
진정한 혈통의 신사로서
그 혈통의 명예를 소중히 여기시는 분께선,
내 주장이 옳다고 생각하신다면
나와 함께 이 가지에서 하얀 장미를 따 주세요.   30

그가 하얀 장미를 뽑는다.

소머셋 겁쟁이도 아첨꾼도 아니고,
과감히 진실의 편에 서실 분께선,
나와 함께 이 가지에서 붉은 장미를 따 주세요.

그가 붉은 장미를 뽑는다.

워릭 난 색깔을 싫어하지, 그러니 천박하고

35 아첨을 넌지시 일삼는 색깔이 없는

플랜타저넷과 이 하얀 장미를 따겠소.

서포크 난 젊은 소머셋과 이 붉은 장미를 따겠소.

그가 옳다고 생각하니 그렇게 말씀드리는 거요.

버논 경들, 멈추세요. 더 이상 꽃을 꺾지 마시고

40 어느 쪽이든 장미꽃을 적게 딴 쪽이

상대 편 주장이 옳다고 승복하는 걸로

결정하세요.

소머셋 훌륭하신 버논. 좋은 의견이오.

내 쪽이 적으면, 난 말없이 따르리다.

45 **리처드** 나도 그러겠소.

버논 그렇다면 이 경우의 진실성과 명백함을 위하여

저는 여기 이 창백한 처녀 꽃을 따서,

백장미 편이 옳다고 판결합니다.

소머셋 그걸 따면서 손가락을 찔리지 않도록 하시오.

50 찔리면 피가 흘러, 백장미를 붉게 물들일 테니.

그러면 본의 아니게 내 편에 서는 거잖소.

버논 공작님, 제 판단 때문에 피를 흘린다 해도

명성이 그 상처를 치료해주고

지금 제가 선 편에 계속 있게 할 겁니다.

55 **소머셋** 자, 자, 그밖에 누가 있소?

변호사 내가 배운 것과 법전이 거짓이 아닌 이상

당신의 주장은 법적으로 틀렸어요.

　　　그 표시로 나 또한 백장미를 따겠습니다.

리처드 자 소머셋, 당신의 주장은 어디 있소?

소머셋 여기 내 칼집 안에 있소, 당신의 백장미를　　　　　　　60

　　　핏빛 빨강으로 물들일 것을 생각하고 있는 중이오.

리처드 그런데 경의 뺨은 우리 백장미를 흉내 내고 있군요.

　　　두려움으로 창백해 보이는 것이, 우리 쪽이야말로

　　　진실이 있다고 증언하듯이 말이오.

소머셋　　　　　　　　　　　　천만에, 플랜타저넷.

　　　두려움 때문이 아니라, 분노 때문이오, 당신의 뺨이　　　65

　　　순전한 수치심으로 우리 장미를 흉내 내는 데도,

　　　당신의 혀는 잘못을 고백하려고 하지 않으려 하니까.

리처드 당신 장미가 벌레 먹은 거 아니오, 소머셋?

소머셋 당신 장미는 가시가 있지 않소, 플랜타저넷?

리처드 있죠, 진실을 지키려고 날카롭게 콕 찌르지요.　　　70

　　　하지만 당신의 궤양벌레는 거짓을 좀먹고 있고.

소머셋 좋소, 내 말이 진실이라고 주장하는

　　　내 핏빛 장미를 달고 다닐 친구들을 찾아내겠소.

　　　거짓된 플랜타저넷은 감히 나타나지도 못할 것이오.

리처드 이제, 내 손에 든 이 처녀 꽃을 걸고,　　　　　　75

　　　당신과 당신 편을 경멸한다, 이 안달하는 애송이야.

서포크 그런 조롱의 말을 이쪽에 퍼붓지 마시오, 플랜타저넷.

리처드 오만한 폴, 퍼부을 테다. 그놈 네놈 할 것 없이 모두 경멸한다.

서포크 그럼 내 몫은 당신 목구멍에다 쑤셔 주지.

80 **소머셋** 그만, 갑시다. 훌륭하신 윌리엄 드 라 폴—

저런 향사 따위와 일일이 얘기 나눌 거 뭐 있소.

워릭 이런, 당신 너무 모욕적이오, 소머셋

이 분의 조부가 클래런스 공작 리오넬이고,

잉글랜드 왕, 에드워드 3세의 셋째 아들이란 말이오.

85 그토록 유서 깊은 뿌리에서 문장도 없는 향사가 태어난답니까?

리처드 그 자는 이곳이 성역임을 이용하고 있군.

아니면 저 겁쟁이가 어찌 감히 저런 말을 할까.

소머셋 기독교의 어느 구역 어느 땅에 있더라도

나를 만드신 하느님을 걸고, 내 주장을 펼 것이오.

90 당신의 부친인 케임브리지 백작 리처드는,

선왕이 살아계실 때에 반역으로 처형당하지 않았던가?

부친의 반역으로 당신 피가 물들고,

썩어서, 그 옛날 재산과 작위를 물려받지 못한 게 아닌가?

부친의 범죄가 여전히 당신 피 속에 흐르니,

95 네가 복위되지 않는 한 너는 향사일 뿐이다.

리처드 내 아버지는 체포되셨지만, 유죄 판결은 받지 않으셨다.

반역죄로 사형되셨으나, 반역자가 아니셨어—

세상이 내 뜻대로 되는 때가 오면

이 사실을 소머셋보다 나은 분들께 증명해보이겠다.

100 네 편을 드는 폴과, 네 자신에 대해서는,

내 비망록에 적어 두었다가,

너희들의 생각에 대해 반드시 응징할 것이다.

사전 경고를 해두었으니 명심해라.

소머셋 아무렴, 우리는 늘 준비가 되어 있다.

그리고 이 색깔로 우리가 당신의 적이라는 걸 보여 주지,   105

내 친구들이 당신을 경멸하며 이 붉은 장미를 달고 다닐 테니.

리처드 내 영혼을 걸고, 이 창백하고 분노한

장미를 피를 마시는 내 증오의 상징으로,

장미가 시들어 내 무덤에 함께 묻히거나

내 고결한 신분과 영화를 누릴 때까지   110

나도 내 편들도 영원히 몸에 달고 다닐 것이다.

서포크 그렇게 하시오, 당신의 야심으로 질식할 테니.

그럼 다시 만날 때까지 잘 있으시오.   [퇴장]

소머셋 같이 갑시다, 폴—안녕히 계시오, 야심만만한 리처드.   [퇴장]

리처드 이런 모욕을 당하고도, 내가 참아야 하다니!   115

워릭 저들이 당신 가문에 입힌 오점은

윈체스터와 글로스터의 화해를 위해 소집된,

다음 의회 때 말끔히 씻길 것이오,

그때 당신이 요크 공작으로 임명되지 않으면,

나도 워릭 백작이라 불리며 살지는 않겠소,   120

그동안, 당신에 대한 내 사랑의 표시로,

오만한 소머셋과 윌리엄 폴에 맞서,

내가 당신 편이 되어 이 장미를 몸에 달 것이오.

그리고 여기서 예언하오, 오늘 템플 법학원의 정원에서

¹²⁵ 벌어진 이 언쟁은,

붉은 장미와 흰 장미의 당쟁이 되어

천 명의 영혼을 죽음과 치명적인 밤으로 몰아넣게 될 것이오.

리처드 훌륭하신 버논, 내편으로 장미를 꺾어 주셨으니.

내가 당신께 은혜를 입었소이다.

¹³⁰ **버논**   당신을 위해 늘 같은 장미를 달겠습니다.

변호사 저도 그렇게 하겠습니다.

리처드   고맙소, 여러분,

갑시다, 우리 넷이 저녁을 하시지요. 내 감히 말하건대

이 언쟁은 다른 날에 피를 볼 것이오.

모두 퇴장. 찔레 숲이 옮겨진다.

5장

런던탑 감방

의자에 앉은 에드먼드 모티머, 간수들에 들려 등장

모티머 허약하게 시드는 나이인 이 몸을 친절히 지켜주는 여러분,

죽어 가는 모티머를 여기서 쉬게 해 주시오.

내 사지는 오래 감금되어 마치 고문대에서 끌어낸

사람처럼 기력이 없구나.

죽음의 사자라고 할 나의 백발은 근심에 쌓인   5

세월을 지내는 동안 노장군 네스토르[14]처럼 나이 먹었고,

에드먼드 모티머의 죽음을 말해주는구나.

내 두 눈은 기름이 소모된 램프처럼,

종말에 다가가는 듯, 밀랍이 흐릿해진다.

허약한 어깨는, 무거움 슬픔에 지나치게 짓눌리고,   10

힘없는 두 팔은, 말라빠진 포도넝쿨처럼,

수액 없는 가지를 바닥에 축 늘어뜨리고 있구나.

하지만 이 두 발은 힘 빠진 버팀대가 마비되어,

한줌의 흙덩어리를 지탱할 수 없으니,

---

14. 그리스 신화에 등장하는 필로스의 왕. 트로이 전쟁이 일어났을 때는 60세가 넘은
노인이었으나, 두 아들과 함께 90척의 배를 이끌고 아가멤논을 총대장으로 하는
그리스의 트로이 원정군에 참가했다.

다른 위안이 없다는 것을 알기에

무덤으로 가고픈 욕망을 지닌 빠른 날개가 달렸도다.

하지만 말해 다오, 간수, 내 조카가 온다더냐?

간수 나리, 리처드 플랜타저넷께서 오실 것입니다.

법학원의 그분 방으로 사람을 보냈는데

곧 오신다는 답을 받았습니다.

모티머 됐다, 내 영혼은 그것이면 만족하리라.

불쌍한 신사, 조카도 나처럼 부당한 대우를 받고 있으니,

헨리 몬모스[15]가 처음 군림한 이래 —

그자의 영광보다는 군인으로서의 내 명성이 대단했는데,

이 역겨운 징역살이를 내가 겪게 되어

그때부터 리처드는 명성과 선조의 유산을,

빼앗기고 말았지.

하지만 이제 절망의 중재자,

인간의 불행을 친절하게 심판해주는 정의로운 죽음이여,

달콤한 자유로 날 여기서 치워다오.

그가 빼앗긴 것을 다시 찾을 수 있게끔.

리처드의 근심 또한 마찬가지로 끝났으면 좋겠구나.

리처드 플랜타저넷 등장

간수 나리, 나리께서 사랑하시는 조카분이 지금 오셨습니다.

---

15. Monmouth, 몬모스는 웨일즈 남동부에 있는 모나우강(the Monnow) 입구에 위치
한 마을로 헨리 5세(할 왕자)가 이곳에서 태어났다.

모티머 리처드 플랜타저넷, 나의 친구, 그가 왔다고?

리처드 예, 고결하신 숙부님, 이토록 초라히 되시다니.   35

        요즘 경멸을 당하고 있는 조카 리처드가 왔어요.

모티머 [간수에게] 조카의 목을 껴안고 그의 품에 안겨

        내 마지막 숨을 거둘 수 있도록 내 팔을 인도해 다오

        오, 내가 힘없는 입맞춤을 다정하게 할 수 있도록

        내 입술이 언제 조카의 뺨에 닿는지 알려다오.   40

                                [그가 리처드를 껴안는다]

        이제 말하라, 위대한 요크 가문의 줄기에서 난 아름다운 줄기인

        네가 왜 요즘 경멸을 당하고 있는지 말해보렴?

리처드 우선 연로하신 숙부님의 몸을 제 팔에 기대시고

        편히 계시면 편치 않은 제 사정을 말씀드리지요.

        오늘 어떤 일로 논쟁을 하던 중   45

        소머셋과 저 사이에 몇 마디가 오갔지요,

        그러던 중 소머셋이 분별없는 혀를 놀려

        제 부친의 죽음을 드러내며 저를 비난하더란 말입니다.

        치욕이 내 혀에 빗장을 물렸기 망정이지,

        아니면 똑같이 제가 그자에게 보복했을 겁니다.   50

        그러니, 숙부님, 아버님을 위해,

        진정한 플랜타저넷 피를 이어받은 사람의 명예와,

        우리 일가를 위해, 부친인 케임브리지 백작이

        참수되신 이유를 말씀해 주세요.

모티머 정정당당한 조카야, 나를 가두고   55

꽃피는 청춘 시절을 혐오스러운 지하 감옥에서
슬퍼하며 보내게 한
그 이유가 그분을 죽인 저주받은 도구였느니라.
리처드 이유를 좀 더 자세히 설명해 주세요.
저는 모를 뿐만 아니라 짐작도 할 수 없으니까요.
모티머 말해주마, 꺼져가는 내 숨이 허락하고
죽음이 내 이야기가 끝나기 전에 도착하지 않는다면.
현왕의 조부인 헨리 4세께서,
에드워드의 아들인, 사촌 리처드를 폐위시켰지.
에드워드는 에드워드 3세의 장남이며 적법한 후사이셨지.
헨리 4세의 치세 때 북쪽의 퍼시 가문이,
그의 찬탈을 참으로 부당하다 여겨,
나를 왕위에 추대하려 노력했었다.
이 용맹한 퍼시 일족이 이와 같은 생각을 하게 된 것은
젊은 왕 리처드가 그렇게 제거되고,
그의 몸에서 난 후계자가 없었기 때문에
출생과 부모의 혈통으로 보아 다음의 계승자가 나라는 것,
내 모친이 에드워드 3세의 셋째 아들인
클래런스 공작 리오넬의 피를 이어받으신 것이고,
반면 헨리 4세는 고온트의 존 혈통이고,
그 영웅 가문의 넷째에 불과했거든.
잘 듣거라, 이처럼 고결하고 위대한 노력으로
그들이 정당한 후계를 세우려 진력하던 중,

나는 자유를 잃고 퍼시 일족은 목숨을 잃었구나.

이 일이 있고나서 오랜 후, 헨리 5세가,   80

부친인 볼링브루크의 뒤를 이어 통치하셨을 때,

저 유명한 에드먼드 랭리, 요크 공작의

혈통을 이어받은 케임브리지 백작인 너의 부친께서

내 여동생인 네 어머니와 결혼하면서,

내 극심한 고통을 불쌍히 여겨,   85

다시 군대를 소집하고 나를 구해 내어

왕위에 앉히려고 하였다.

그러나 고결한 백작은 다른 이들과 마찬가지로 패하고.

참수되었다, 그렇게 왕위를 차지해야 할

모티머 가문은 진압되고 말았다.   90

리처드 그 중에 숙부님이 그 일족의 마지막이시고요.

모티머 그렇지, 보다시피 내겐 자식이 없고,

말이 점점 희미해지니 죽음을 단언하누나.

네가 나의 후계자다. 남은 일을 잘 처리하기를 바란다.

하지만 경계하고 조심 또 조심해야 한다.   95

리처드 삼촌의 엄중한 가르침을 깊이 새기겠습니다.

그렇지만 제 생각에 아버님의 처형은

잔인한 폭정으로밖에 생각되지 않습니다.

모티머 조카야, 입을 다물고 신중해야 한다.

랑카스터 가문은 산처럼 확고하니,   100

무너질 리가 없다.

하지만 군주들이 너무 오래 한군데 머물다
싫증이 나면 궁정을 떠나듯,
이제 네 삼촌은 이 세상을 떠나련다.
105 **리처드** 오, 숙부님. 내 젊은 나이의 일부가
숙부님의 지난 세월을 되찾아 줄 수만 있다면.
모티머 그건 나를 괴롭히는 일이다. 도살자가
한 번이면 끝낼 것을 여러 번 상해를 입히는 셈이니,
내 안식을 위한 슬픔이 아니고서는 울지 마라.
110 그저 내 장례 절차를 준비해다오.
그럼 이제 안녕, 그리고 네 모든 희망이 정당하고.
평화스러운 때나 전쟁 때나 네 삶이 모두 번창하기를.

그가 죽는다.

리처드 떠나시는 혼에게 전쟁은 없고 평화만이 있기를.
숙부께서는 감옥에서 순례를 치르셨고,
115 은둔자처럼 나날을 보내셨습니다.
이제 숙부님의 충고를 내 가슴에 가둬두고,
내가 구상한 계획을 마음속에 간직하겠다.
간수들, 시신을 모셔가 주게. 내가 직접
그분의 삶보다 화려하게 장례를 치를 것이다.

[모티머의 시신을 들고 간수들 퇴장]

120 모티머의 어스레한 횃불이 여기서 꺼지는구나,
비천한 자들의 야심에 질식당하고.

소머셋이 우리 가문에 퍼부은
온갖 모욕과 쓰라린 박해를,
내가 설욕하여 명예로써 바로잡겠다.
그러니 서둘러 의회로 가서   125
내 혈통의 알맞은 지위를 회복하든지,
내가 겪은 모욕을 내게 행운의 기회로 만들어야지.

퇴장

3막

1장

런던, 국회의사당

화려한 취주. 어린 헨리 왕, 엑스터, 및 글로스터 공작,
윈체스터 주교, 붉은 장미를 단 소머셋 공작 및 서포크 백작,
백장미를 단 워릭 백작과 리처드 플랜타저넷,
기소장을 쳐든 글로스터 관원들 등장.
윈체스터가 그것을 잡아채어 찢어 버린다.

윈체스터 미리 굉장히 짜 맞춘 글을 가지고 왔다?
곰곰이 궁리해서 꾸며 낸 책자를 가지고?
글로스터의 험프리, 당신이 나를 고소할 수 있거나,
무엇이든 내 책임으로 돌리고자 한다면,

5   조작하지 말고 즉석에서 하시오,
나도 이 자리에서 즉흥적인 말로
당신이 뭘 비난해도 답해줄 테니.

글로스터 주제넘은 신부, 이 자리니까 내가 참소.
아니면 나를 모욕한 죄를 단단히 물었을 것이오.

10   생각마라, 내가 서면으로
당신의 사악하고 난폭한 죄악을 주장하는 쪽을 택하였지만,
내가 조작했느니, 글로 써온 내용을 말로
다시 진술하지 못할 것이라고는 생각 마시오.
구두로 내 붓의 써 내려간 논지를 읊는 것쯤.

아니지, 고위 성직자, 너의 시건방진 사악함과, 15

음흉하고 골치 아플 만큼 파벌싸움을 일삼는 수작은,

아기들조차 혀짤배기소리로 당신의 오만을 말할 정도요.

당신이야말로 가장 악독한 고리대금업자이고,

천성이 비뚤어진, 평화의 적이다.

성직자로서의 직책과 신분에 안 맞는 음탕하고 방탕한 자다. 20

당신의 반역에 대해서는, 더욱 명백한 게.

런던 다리뿐만 아니라 런던탑에서

내 목숨을 노려 덫을 놓은 적이 있지 않았는가?

게다가, 당신의 생각을 체질해 보면

군주이신 왕께서도 당신의 팽창하는 시기 어린 악의로부터 25

완전히 무사하지 못하실 것임이 우려되는 바요.

윈체스터 글로스터, 네게 반박하겠다 ― 대신들, 부디

내 답변을 들어 주시오.

내가 탐욕스럽고, 야심에 차 있고, 심성이 비뚤어졌다면 ―

그가 날 그렇다지만 ― 어떻게 내가 이리 가난하겠소? 30

아니면 어째서 내가 진급이나

신분 상승을 꾀하지 않고, 늘 하던 일을 계속할까요?

그리고 파벌싸움을 일삼는다는데, 누가 나보다 더 평화를

선호한답니까? ―누가 시비를 건다면 모를까.

아니죠, 훌륭하신 대신들, 그게 불쾌한 게 아니죠, 35

그래서 공작이 발끈한 게 아닙니다.

그건 공작 말고 아무도 통치해서는 안 되기 때문이죠,

공작 말고는 아무도 국왕 주변에 있으면 안 되기 때문이죠.

그런 생각이 공작의 가슴에 천둥을 일으켜

40   이런 비난을 울부짖게 만드는 겁니다.

허나 내가 못지않게 선량하다는 사실을 알아야 해요―

글로스터   못지않게 선량하다?

내 조부의 사생아인 주제에.

윈체스터   예, 공작, 그럼 당신은 뭐요,

남의 왕좌를 차지하고 다스리는 자가 아니오?

45   **글로스터**   시건방진 사제, 내가 섭정 아닌가?

윈체스터   그럼 나는 교회의 고위 성직자가 아닌가?

글로스터   맞지, 성 안에 살고 있는 범죄자처럼

교회를 악용하여 도둑질을 하고 있는 것이지.

윈체스터   불경스러운 글로스터!

글로스터   당신이 존경을 받는 건,

50   당신의 삶이 아니라 당신의 성직 때문이지.

윈체스터   로마 교황이 가만히 있지 않을 것이오.

글로스터   그럼 기어서 가보시지.

워릭   [글로스터에게] 공이 참으셔야지요.

소머셋 그렇지요, 주교께서 모욕을 당하지 않았으면

제 생각에는 주교께서 신앙심을 지니고

55   성직자의 책무를 알아 두셔야 할 것 같은데요.

워릭   제 생각에는 주교께서 더 겸손하셔야 합니다.

주교가 이렇게 항변하는 것은 적절히 않아요.

소머셋 성직자 직위가 이리 모욕을 당하면 어쩔 수 없지요.

워릭 성직이든 세속직이든, 무슨 상관이오?

이분은 왕의 섭정 저하가 아니십니까?   60

리처드 [방백] 플랜타저넷은, 입을 다물어야 한다,

아니면 이럴 거 아닌가, '할 말은, 자네, 자네 차례 때 하게

너의 당돌한 생각을 대신들이 의논하는데 끼어들려고?'

그렇지만 않으면 윈체스터에게 한 마디 쏘아붙일 텐데.

헨리 왕 글로스터 숙부, 윈체스터 숙부.   65

우리 잉글랜드 왕국의 안녕을 지키실 두 분께

내 기도로 가능하다면—두 분의 마음을 사랑과 우애로 합하시라고

말씀드리고 싶습니다.

이리도 고결한 귀족 두 분이 서로 싸우시니

짐의 왕관에 이게 무슨 수치입니까?   70

대신들, 내 비록 나이가 어리나 내 말 명심하시오,

내정의 불화는 왕국의 내장을

갉아먹는 독충입니다.

안에서 시끄러운 소리 [글로스터의 하인들이 소리친다]
'황갈색 외투 타도하자!'

이게 웬 소란이오?

워릭   이 소동은, 보나마나

주교 부하들이 악의로부터 나온 것입니다.   75

안에서 다시 시끄러운 소리
[글로스터의 부하들과 윈체스터의 부하들이 소리친다]
'돌멩이, 돌멩이.'

런던 시장 등장

런던 시장 오 훌륭한 귀족 여러분, 그리고 덕망 높으신 헨리 폐하,

런던 시와 저희들을 불쌍히 여기소서.

주교와 글로스터 공작의 부하들이,

최근 일체의 무기 휴대가 금지되어 있어서

80   제 각각 주머니에 자갈을 가득 채우고,

이편저편으로 패를 가르고는,

서로 머리통에 돌팔매질을 어찌나 빨리 해대는지

숱한 사람의 머리통이 깨졌습니다.

거리마다 유리창이 남아난 데가 없고,

85   우린 겁이 나서 상점을 닫을 수밖에 없었습니다.

싸우며, 머리가 피범벅인 채, 황갈색 외투의 윈체스터 하인들과
푸른 외투의 글로스터 하인들 등장

헨리 왕 짐이 명하노니, 짐에게 충성을 바치는 자는

학살의 손을 멈추고 평화를 지켜라.

글로스터 숙부, 제발 이 싸움을 진정시켜 주세요,

첫 번째 하인 아니요, 돌멩이가 안 된다면 우린 이빨로

90   물어뜯을 겁니다.

두 번째 하인 어디 해 봐라, 우리도 마찬가지니까.

다시 싸운다.

글로스터 우리 집안의 하인들은, 이 철없는 싸움을 그만두라,
　　　　　 가치도 없는 싸움은 집어치워라.

세 번째 하인 나리, 저희들은 나리께서
　　　　　 정의롭고 올곧은 분이시고, 왕실 종친으로서,　　　　　　　95
　　　　　 폐하 다음으로 높으시다는 것을 압니다.
　　　　　 그리고 이런 군주께서,
　　　　　 이토록 착하신 왕국의 아버지께서
　　　　　 삼류작가한테 모욕당하시는 걸 차마 눈뜨고 보느니,
　　　　　 저희들은 마누라와 아이들까지 모두 싸우다가　　　　　　　100
　　　　　 나리의 적들한테 살해당하겠다는 것입니다.

첫 번째 하인 맞습니다, 전장에서 죽으면 우리 손톱 부스러기라도
　　　　　 쇠말뚝 대신 박아 막을 것이고요.

그들이 다시 싸운다.

글로스터 멈춰라, 내가 멈추라고 하지 않느냐!
　　　　　 너희들이 너희 말대로 나를 사랑한다면,　　　　　　　　　105
　　　　　 내 말을 듣고 잠시 참으라.

헨리 왕 오 이 불화는 정말 내 영혼을 괴롭히는구나.
　　　　　 당신, 나의 윈체스터 경께서는, 나의 한숨과
　　　　　 눈물을 보고도, 마음을 누그러뜨릴 생각이 없단 말이오?
　　　　　 경께서 그렇지 않다면 누가 자비롭단 말이오?　　　　　　110

교회 성직자가 싸움을 즐겨한다면

누가 평화를 강구하는 법을 배우겠소?

워릭 섭정, 한 발 양보하세요, 윈체스터 주교, 한 발 물러나시오, ─

두 분께서 고집스럽게 거절하며

115 두 분의 군주를 죽이고 왕국을 파괴하려는 것이 아니라면,

두 분의 적대로 얼마나 많은 재난과

살인이 일어났는지 아실 게요.

그러니 두 분이 피에 굶주린 것이 아닌 한 ─ 화해하시오.

윈체스터 저자가 굴복하지 않으면 난 결코 물러서지 않겠소.

120 **글로스터** 폐하를 측은히 여겨 내가 몸을 굽힐 수밖에 없지만,

아니면 사제 따위가 내 앞에서 큰소리 못 치게

내 저자의 심장을 꺼내고 말 것이오.

워릭 보시오, 윈체스터 주교, 글로스터 공작께서

그의 펴진 이마가 보여 주듯,

125 불만에 찬 분노를 거두셨소,

왜 당신은 여전히 그토록 엄하고 비장한 표정을 지으시오?

글로스터 자, 윈체스터 주교, 손을 내미오.

[윈체스터가 글로스터가 내민 손을 외면한다.]

헨리 왕 [윈체스터에게] 왜 그러세요, 보포 숙부!

악의야말로 크고 무거운 죄라고 숙부께서 설교하시는 걸 들었는데

130 숙부께서는 가르친 것을 따르지 않고

오히려 바로 그 죄를 지으시려는 건가요?

워릭 선량하신 국왕폐하! 주교는 딱 맞는 비난을 들으셨소.

수치를 아신다면, 윈체스터 주교, 뉘우치시오.

아니, 어린이가 당신 행동거지를 가르쳐야겠소?

윈체스터 좋소, 글로스터 공작, 나도 양보하겠소. 135

당신 사랑에 대해 사랑을, 그리고 손에 대해 손을 내밀겠소.

글로스터 [방백] 그래, 하지만 분명 마음은 없겠지.

[다른 이들에게] 자 보시오, 내 친구와 사랑하는 동포들,

우리가 손을 잡은 건 우리 두 사람과

우리의 부하들 사이까지도 화해한다는 증표요. 140

그러니 하느님 제가 거짓이 되지 않도록 도와주소서.

윈체스터 그러니 하느님 저를 도와주소서, [방백] 그럴 마음이 없도록.

헨리 왕 오 사랑하는 숙부, 친절하신 글로스터 공작,

저는 이 화해로 얼마나 기쁜지 몰라요!

싸움꾼들은 물러가라, 짐을 더 이상 성가시게 말고, 145

너희 주인들이 했듯, 사이좋게 어울려라.

첫 번째 하인 알았습니다. 저는 의사한테 가겠습니다.

두 번째 하인 저도 그리 하겠습니다.

세 번째 하인 전 여관에 무슨 약이 있나 보겠습니다.

시장과 하인들 퇴장

워릭 자애로우신 폐하, 이 목록을 받아 주십시오, 150

이것은 리처드 플랜타저넷의 권리로

폐하께 보여 드리는 것입니다.

글로스터 워릭 경 말씀 잘하셨소ㅡ너그러우신 폐하께서

모든 정황을 살피신다면,

155   마땅히 리처드의 권리를 돌려주셔야 합니다.

그 특별한 이유는

엘삼 저택에서 제가 폐하께 말씀드린 바도 있구요.

헨리 왕 숙부, 그 이유는 타당했지요 –

그러므로 친애하는 경들, 짐의 뜻은

160   리처드의 혈통을 복원시켜 주고 싶소.

워릭 리처드의 혈통을 복원시켜 주십시오.

그러면 그의 부친이 받은 부당함이 보상될 것입니다.

윈체스터 나머지 분들이 원하시니, 이 윈체스터도 찬성이오.

헨리 왕 리처드가 충성을 바친다면, 혈통의 복원뿐만 아니라

165   그대가 요크 가문의 혈통이니.

요크 가문에 속하는

유산도 모두 돌려주겠소,

리처드 폐하의 비천한 하인이 죽는 순간까지 복종과 겸손한 복무를

복종과 겸손한 복무를 할 것을 맹세하나이다.

170 **헨리 왕** 그렇다면 몸을 숙여, 내 발 밑에 무릎을 꿇으시오.

[리처드가 무릎을 꿇는다]

그리고 충성을 맹세한 보답으로

그대에게 요크가의 용감한 칼을 채워 주겠소.

리처드, 진정한 플랜타저넷처럼, 일어서시오.

이제 그대는 왕가의 혈통인 요크의 공작으로 서시오.

175 **리처드** 폐하의 적들이 패하는 만큼, 리처드가 흥하게 하소서.

제 충성이 솟는 만큼, 폐하께 조금이라도

원한을 품은 자들이 멸망케 하소서.

모두 환영이오, 고귀하신 요크 공작!

소머셋 [방백] 망해라, 비천하고 야비한 요크 공작!

글로스터 이제 폐하께서는 바다를 건너   180

프랑스에서 왕위에 오르실 때이옵니다.

국왕이 참석하시면 왕의 신하들과

충성스런 백성들 사이에 사랑이 생기고

왕의 적들을 의기소침하게 만드는 법입니다.

헨리 왕 글로스터 공이 그리 말씀하시면, 헨리 왕은 가겠소 —   185

우정 어린 자문은 많은 적들을 잘라 내니까요.

글로스터 폐하의 배가 이미 준비되었습니다.

퇴장 나팔. 모두 퇴장. 엑스터는 남는다.

엑스터 아, 잉글랜드든 프랑스든 행군하면서,

그다음 일을 보지 못하니.

최근 귀족들 사이 자라난 불화는   190

조작된 사랑의 꾸며낸 재 밑에서 타고 있다.

마침내 화염으로 폭발하겠지.

짓무른 사지가 서서히 썩어 들어가

뼈와 살과 근육이 떨어져나가는 사태에 이르듯이,

이 비열하고 시기심 많은 불화도 점점 커질 것이다.   195

헨리 5세 때에

몬모스에서 태어난 헨리 5세는 모든 것을 얻게 되나
윈저에서 태어난 헨리 6세는 모든 것을 잃는다는
치명적인 예언이 젖 먹는 아이의 입에도 회자되었다는
사실이 지금 나는 두렵다.
그것이 어찌나 명백한지 엑스터는 그 불행한 시간이 오기 전에
내 나날들이 끝나기를 바랄 정도야.

퇴장

2장

프랑스, 루앙 안과 주변

성처녀 잔, 변장한 모습으로,
등에 부대를 진 프랑스 병사 네 명과 함께 등장

잔   여기가 이 도시의 문이자, 루앙의 성문이오,

이 문을 통해 우리가 속임수가 틈새를 열어야 하는데.

조심하고 말할 때도 주의를 기울여야하오.

곡식 팔아 돈을 마련하려고 온,

그냥 평범한 장터 사람처럼 말해요   5

우리가 잘 될 거라 바라지만, 성안에 들어가면,

게으른 보초의 감시가 허술한 것을 알게 되면

내가 신호를 보내 아군한테 알리겠소,

샤를 황태자께서 저들과 대적할 수 있도록 말이오.

병사   우리 등에 진 자루로 이 도시를 삼키겠다는 건가.   10

그럼 우리가 루앙을 지배하는 영주가 된단 말이지.

문을 두드려야지.

그들이 문을 두들긴다.

파수꾼 [안에서] 누구요? (끼라?)

잔   농사꾼이오, 불쌍한 프랑스 백성입니다.

   (빼장, 라쁘브르 장 드 프랑스)

   불쌍한 장터 백성이 곡식을 팔러 왔어요.

15 **파수꾼** [문을 열며] 들어가시오, 어서. 장터 종이 울렸소.

잔   [방백] 이제, 루앙, 내가 네 방어벽을 무너뜨릴 것이다.

                         모두 퇴장

   샤를 도핀, 오를레앙의 서자, 알랑송 공작, 앙주 공작 레이니에,
              그리고 프랑스 병사들 등장

샤를 성 드니여 행운의 작전을 축복하소서,

       그러면 우리 다시 루앙에서 마음 놓고 잠들 것입니다.

서자 이리로 성처녀와 병사들이 들어갔소.

20   이제 저 안에 있는데, '여기가 가장 침입하기에 안전한 통로'

       라고 어떻게 일러주겠다는 걸까요?

레이니에 저쪽 탑에서 횃불 하나를 내미는 식으로요

       그게 보이면, '그녀가 들어간 쪽이 가장 경계가 취약하다.'는

       신호라고요.

            위에서 성처녀 잔 등장, 불타는 횃불을 내밀며.

25 **잔**   보라, 이것이 루앙과 루앙의 동포들을 맺어 주는,

       행복한 결혼의 횃불이다.

       하지만 탈봇의 추종자들한테는 치명적인 불꽃이 되리.

서자 보세요, 샤를 전하, 아군의 봉화입니다.

불타는 횃불이 저쪽 작은 탑 위에 나타났어요.

샤를 이제 온갖 적들의 추락을 예언하는,　　　　　　　　　　　30

복수의 혜성처럼 빛나기를,

레이니에 지체 마십시오, 늦추면 위험한 결과를 초래합니다.

당자 들어가서 '황태자다'라고 외치시고,

보초를 처형하는 겁니다.

　　　　　　　　　　　전투 경보. 모두 퇴장

　　　　　　　전투 경보. 소규모 전투를 벌이며 탈봇 영주 등장

탈봇 프랑스놈들아, 탈봇이 너희들의 배반에 살아남는다면,　　　35

너희들은 이 반역을 눈물로 후회하게 되리라,

저 처녀, 저 마녀, 저 저주받은 여자 마법사가

이 지옥 같은 재난을 느닷없이 해대니

우리가 가까스로 자신만만한 프랑스군으로부터 빠져나왔다.

　　　　　　　　　　　　　퇴장

　　　　전투 경보. 병든 몸으로 의자에 실려 나온 베드포드 공작,

탈봇 영주와 버건디 공작 등장. 성벽 위로 성처녀 잔,

　　　　샤를 도핀, 오를레앙의 서자, 알랑송 공작,

　　　　　　　그리고 앙주 공작 레이니에 등장

잔 안녕하시오 용사들. 빵 만들 밀이 필요하시오?　　　　　40

버건디 공작께서는 이렇게 비싼 값에 다시 사느니
단식을 하시겠지요.
독보리 뿐이었는데. 맛이 괜찮던가요?

버건디 멋대로 조롱해라, 사악한 마녀, 파렴치한 매춘부.

45 조만간 내가 반드시 네년 빵으로 너를 질식시키고,
네가 그 보리 수확을 저주하게 만들어줄 테니.

샤를 아마도, 그 전에 공작이 굶어 돌아가시겠지.

베드포드 오, 말이 아닌 행동으로 이 반역에 응징하겠다.

잔 어쩌시려구요, 노인 양반? 창을 꺾고

50 의자 속에서 죽음과 마상 창 시합이라도 하시려고요?

탈봇 더러운 프랑스 악마, 아주 경멸스러운 마녀야,
네 음탕한 정부들한테 둘러싸여,
네가 그의 용감한 나이를 조롱하고 반쯤 죽은 이를
비겁하게 조소하는 것이 가당키나 하더냐?

55 이 계집아, 내 너하고 한 번 더 붙어보자
아니면 탈봇은 이 치욕으로 죽을 수밖에.

잔 그렇게 화가 나셨나? ─ 하지만, 처녀는 참을 것이다.
탈봇이 천둥소리만 내도, 비가 내릴 거 아닌가.

[잉글랜드인들이 함께 속삭이며 뭔가 의논한다]

의회가 시작되는데 누가 대변인이시지?

60 **탈봇** 그러지 말고 나와서 들판에서 우리하고 한판 붙지 않겠냐?

잔 장군께서는 우리를 바보로 여기시나 봐요.
우리 도시를 우리 건가 아닌가를 결정하시려는 게.

탈봇 난 저 욕쟁이 헤카테 할멈과 얘기하자는 게 아니고
당신, 알랑송, 그리고 나머지 남자들에게 하는 얘기다.
당신들, 군인답게, 나와서 끝까지 싸워보지 않겠느냐?   65
알랑송 시뇨르, 싫소.
탈봇 선생, 시뇨르, 목이나 매라! 비열한 프랑스 노새 마부 같으니.
시골뜨기 시동들처럼 저놈들은 벽에만 들러붙어 있을 뿐,
신사답게 무기를 들지는 못하는구나.
잔 갑시다, 지휘관들, 벽에서 떨어져요,   70
탈봇 얼굴을 보니 무슨 일 내시겠네.
잘 있으시오, 양반 나리. 우린 그냥 우리가 여기 있다고
알려 주려고 왔소.

프랑스인들 성벽 위에서 퇴장

탈봇 머지않아, 우리도 거기로 갈 것이다.
아니면 탈봇의 최대 명예에 비난을 해도 좋아.
버건디 공, 공작 가문의 명예를 걸고 맹세하시오.   75
프랑스에서 계속되는 공공의 위해를 두고 볼 수 없으니,
도시를 되찾거나 죽거나 둘 중 하나라고.
그러면 잉글랜드의 헨리 왕께서 살아계시듯이,
그의 부친 헨리 5세가 이곳을 정복하셨듯이,
최근 배반한 이 도시에서   80
위대한 사자왕 리처드의 심장이 묻혀 있는 것처럼 확신을 갖고
이 도시를 되찾거나 죽겠다고 맹세하겠소.

버건디 당신의 맹세에 나도 똑같이 맹세합니다.

탈봇 하지만 출격하기 전에, 죽어 가시는 용감한 베드포드 공을

85 살펴 드려야지요. [베드포드에게] 갑시다, 공작님.

병마와 노쇠를 다스릴 좀 더 적당한.

좀 더 나은 장소로 모시겠소.

베드포드 탈봇 경, 그렇게 나를 모욕하지 마시오.

여기 루앙의 성벽 앞에 나는 앉아 있겠소.

90 두 분의 행복과 슬픔을 함께하리다.

버건디 용감한 베드포드 공, 지금은 저희 말을 들으셔야합니다.

베드포드 여길 떠나라는 말은 듣지 않겠소. 언젠가 강건한 펜드라곤이

병들어 들것에 누워 있었으나,

출전하여 적들을 완파했다는 얘기를 읽은 적이 있지.

95 나는 그들을 내 몸처럼 생각해 왔으니

나도 병사들의 사기를 북돋아 주고 싶은데 말이오.

탈봇 죽어 가는 가슴 속에 불굴의 정신이 깃들어있다!

그렇게 하시지요, 하늘은 연로하신 베드포드 공을 안전히 지켜

주소서.

용감한 버건디 공, 이제 더 이상 고심 말고

100 즉시 우리 병력을 모아,

저 허풍떠는 적들을 공격합시다.

버건디와 함께 퇴장
전투 경보 사소한 전투. 존 파스톨프 경과 지휘관 등장

지휘관 존 파스톨프 경, 이리 허둥대며 어딜 가는 거요?

파스톨프 어디로 가냐고? 도망쳐서 내 목숨을 구해야지.

우리 군이 또다시 질 거 같으니까.

지휘관 뭐요, 도망간다고, 탈봇 영주를 버리고?　105

파스톨프 그래, 내 목숨 구하러 세상 온갖 탈봇을 버리고.　[퇴장]

지휘관 비겁한 기사로군, 불행이나 떨어져라!　[퇴장]

　　　　퇴각. 사소한 전투. 성처녀 잔, 알랑송, 그리고 샤를이 도망친다.

베드포드 이제. 평온한 영혼이여, 하늘의 뜻에 맡기자구나.

우리의 적이 패배하는 것을 보았으니.

어리석은 인간한테 믿음이나 힘이 대체 무엇인가?　110

조금 전만 해도 기고만장하게 조롱을 퍼부어 대던 자들이

목숨을 건졌다고 기뻐하고 기꺼이 도망치는구나.

　　　　베드포드가 죽고, 의자에 앉은 채 두 사람에 의해 실려 나간다.

　　　　　　전투 경보. 영주 탈봇, 부르고뉴 공작,
　　　　　　그리고 나머지 잉글랜드 병사들 등장

탈봇 잃었다가 하루 만에 되찾다니!

버건디 공, 이것이야말로 이중의 명예요.

하늘이 이 승리의 영광을 지니소서!　115

버건디 호전적인 탈봇, 버건디는

경을 마음속에 소중히 모시고, 고결한 무공을

용기의 기념비로 세울 것이오.

탈봇 고맙소, 고결하신 공작. 근데 성처녀는 어디 있소?
그녀의 부리는 악마 시종이 잠을 자고 있나 보네요.
서자의 용맹함은 어디 간 거죠, 그리고 샤를의 익살은?
아니, 모두 기가 꺾였나? 이런 용사들이 달아났다고
루앙은 고개를 떨구며 슬퍼하는구나.
이제 이 도시에 질서를 좀 세워야겠네요,
유능한 관원들을 몇 명 배치하고,
국왕이 계신 파리로 출발합시다.
어린 헨리 왕과 귀족들도 함께 계십니다.
부르고뉴 탈봇 경의 뜻이 버건디에게 기쁨입니다.

탈봇 그렇지만, 떠나기 전에, 방금 돌아가신
고결한 베드포드 공작을 잊어서는 안 됩니다,
루앙에서 공의 장례식을 치르는 것을 보고 갑시다.
그보다 더 용감한 병사가 창을 겨눈 적 결코 없었고,
그보다 더 친절한 마음이 궁정에 영향을 끼친 적은 없었소.
하지만 왕들과 강력한 실권자들도 죽을 밖에 없는 것이
인간이 겪는 비참함의 끝이니까요.

모두 퇴장

3장

루앙 근처 평원

샤를 도핀, 오를레앙의 서자, 알랑송 공작,
성처녀 잔과 프랑스 병사들 등장

잔   여러분, 오늘 사건에 낙담할 것 없소.
루앙을 그렇게 다시 빼앗겼다고 슬퍼할 것도 없어요.
치료될 수 없는 것들에 대해서는
근심은 치유가 아니라 오히려 좀먹는 일이지요.
당분간 미치광이 탈봇이 승리에 취해   5
공작처럼 꼬리로 쓸고 다니게 둡시다.
전하와 여러분들이 내 말을 따라주기만 한다면,
우리는 그자의 꼬리털을 뽑고, 꼬리를 없애 버리는 겁니다,

샤를   짐은 이제까지 그대의 인도를 받았고,
그대의 술책에 대해 추호의 의심도 없었다.   10
갑작스레 한 번 패했다고 불신할 리는 없을 것이오.

서자   [잔에게] 머리를 짜내어 비책을 마련해 주시오,
그러면 우리가 그대의 명성을 세상에 떨치게 해주겠소.

알랑송 신성한 장소에 그대의 상을 세우고
축복받은 성녀처럼 그대를 떠받들겠소.   15
그러니 아름다운 처녀, 우리에게 좋은 쪽으로 힘써 주시오.

잔	그렇다면 이렇게 해야 하오, 잔의 계획은 이렇습니다.
	사탕발린 말에 잘 설득하여
	버건디 공작을 유혹하는 겁니다.

20

버건디 공작을 유혹하는 겁니다.
탈봇을 버리고 우리를 따르라고 말이죠.

샤를   그래, 좋다, 아름다운 여인, 우리가 그럴 수만 있으면
프랑스에 헨리의 전사들이 설 곳이 없을 것이야.
저들이 우리한테 허풍떨다가는
우리 영토에서 완전히 쫓겨날 것이다.

25 **알랑송** 영원히 저들을 프랑스에서 추방하고
이곳에 백작령 하나도 두어서는 안 되는 거죠.

잔   여러분들께 내가 어떻게 이 문제를 우리가 바라는 결과로
바라는 결과로 이끌어 갈 것인지 지켜보십시오.

[먼 데서 북소리]

들어 봐요, 북소리로 보아 아실 것이오

30   저들의 병력이 파리를 향해 행군 중이라는 것을.

[잉글랜드 행군 소리]

저기 탈봇이 가오, 군기를 펄럭이며,
그 뒤를 따르는 잉글랜드 군대와 함께.

[프랑스 행군 소리]

이제 후방에 버건디 공과 그의 군대가 따라가고
운명의 여신이 우리를 도와주시어 그자가 뒤처졌소.

35   협상을 요청하는 나팔을 부시오. 그와 교섭을 해야 하니까.

협상을 요청하는 나팔 소리

샤를 [외친대] 버건디 공과 협상을.

버건디 공작 등장

버건디 버건디와 협상을 하고 싶다는 자가 누구요?

잔 당신의 동포이신 프랑스의 샤를 황태자이십니다.

버건디 하실 말씀이 뭐요 샤를? 내가 행군 중이라서.

샤를 말시하오, 성처녀, 그대의 말로 저자에게 마법을 거시오. 40

잔 용감한 버건디, 프랑스의 확실한 희망이여,
멈추시오. 비천한 소녀의 그대와 말을 들어보시오.

버건디 말해 보시오, 너무 지루하게는 말고.

잔 당신의 나라를 보세요, 비옥한 프랑스를 보세요,
잔인한 적들이 도시과들 마을들을 훼손시키고 45
황폐화시킨 모습을 보세요.
어머니가 자신의 초라한 아기를 보듯
죽음의 신이 어린 아이의 눈을 감기려는데 말이오.
야위어 가는 프랑스의 병폐를 보세요, 보세요.
그 상처를, 너무나 부자연스러운 상처를 보세요. 50
그대가 직접 조국의 비통한 가슴에 새긴 것들이오.
당신의 날선 칼을 다른 쪽으로 돌리세요.
조국을 상처 내는 자들을 치시고, 도와주는 자를 상처내지 말구요.
당신 조국의 가슴에서 흐른 피 한 방울이

이방인의 핏줄기보다 더 그대를 슬프게 할 것이오.

홍수같이 눈물을 흘리며 돌아오셔서

조국을 더럽힌 피의 얼룩을 씻어 내시오.

버건디 [방백] 이 처녀의 말이 내게 마법을 걸었거나

본성이 날 갑자기 뉘우치게 하거나 둘 중 하나군.

잔 게다가, 모든 프랑스 국민이 그대를 비난하며,

공작의 출생과 적법한 조상을 의심하고 있소.

공작과 힘을 합한 오만한 국가는 대체 누구요

자기들의 이익만을 위해서 당신을 의지하지 않습니까?

탈봇이 일단 프랑스에 발을 들여놓고

그대를 해악의 도구로 삼았다면,

잉글랜드인 헨리 말고 누가 군주가 된단 말이오,

그대는 도망자처럼 밀려날 밖에 없지 않겠소?

그리고 증거로 예를 들 테니 생각해 보시오.

오를레앙 공작은 당신의 적 아니었소?

그리고 잉글랜드에 포로로 잡혀 있지 않았소?

하지만 그자가 당신의 적이라는 소리를 듣고는.

버건디와 그의 모든 친구들의 생각은 아랑곳하지 않고

저들은 몸값도 지불하지 않고 그를 석방했소.

보시오, 그렇다면 공작을 죽이려는 자들과 힘을 합쳐서

공작은 동포와 싸우고 있소.

오시오, 오시오, 돌아오시오. 돌아오시오. 방황하는 공작님,

황태자와 동포들이 당신을 두 팔로 안아 줄 것이오.

버건디 [방백] 내가 졌다. 그녀의 오만한 말들이

포효하는 대포처럼 나의 마음을 두드리는구나.

나를 그만 무릎 꿇고 항복하게 만드는구나.   80

[다른 이들에게] 조국이여, 그리고 착한 동포들이여 용서해 주오,

그리고 경들 진심 어린 따스한 포옹을 받아 주시오.

나의 병사와 그 밖의 군사들은 모두 당신들 것이오.

자, 탈봇, 작별이다. 더 이상 당신을 믿지 않을 테니.

잔   프랑스인다우셨소－[방백] 등 돌리고 또 돌리는군.   85

샤를   환영하오, 용감하신 공작. 당신의 우정이 우리를 생기 있게 하는

구려.

서자   우리 가슴에 새로운 용기가 솟아납니다.

알랑송 성처녀께서 멋지게 역할을 해낸 결과입니다.

황금의 보관을 드릴 만하고요.

샤를   이제 출발합시다, 대신들, 우리 병력을 합쳐서,   90

어떻게 적에게 타격을 입힐지 궁리해 봅시다.

모두 퇴장

4장

궁정, 파리

화려한 취주. 헨리 왕, 글로스터 공작, 윈체스터 주교,
엑스터 공작, 백장미 달고 요크 공작 리처드, 워릭 백작,
그리고 버논이, 붉은 장미 달고 서포크 백작,
소머셋 공작과 바셋이 등장. 그들에게 자신의 병사를 데리고,
탈봇 영주 등장

탈봇　자애로우신 군주님과 명예로우신 귀족분들
　　　이 땅에 도착하셨다는 소식을 듣고
　　　제가 잠시 전쟁을 멈추고
　　　폐하께 경의를 표하나이다.
5　　충성의 표시로, 신의 팔은, 50개의 요새와 12군대의 도시
　　　견고한 성벽으로 둘러싸인 7개의 마을을 되찾았고
　　　포로로 사로잡은 귀족이 5백에 이르는 이 팔이
　　　폐하의 발아래 그 칼을 바치고,
　　　복종하는 충성심으로 그가 얻은 정복지의 영광을
10　　우선 하느님께, 그리고 폐하께 돌리나이다.

　　　　　　　　그가 무릎을 꿇는다.

헨리 왕　글로스터 숙부, 이분이 그토록 오래 프랑스에

프랑스에 거주했다는 탈봇 경이오?

글로스터 그렇습니다, 폐하.

헨리 왕 [탈봇에게] 반갑소, 용감한 지휘관이자 승리를 거머쥔 장군.

내가 어렸을 때―지금도 나이든 건 아니지만― 15

부친께서 검에 있어서는 경과 같은 전사가 없었다고

말씀하시던 것을 기억하오.

그 후 오랫동안 짐은 그대의 충성심과 충실한 복무,

전쟁에서의 무훈에 대해 잘 알고 있었소.

하지만 한 번도 짐이 그대에 보답은 고사하고, 20

감사하다는 말조차 하지 못했소.

이제껏 짐이 그대 얼굴을 한 번도 보지 못한 까닭이오.

그러니 일어서시오.

[탈봇이 일어선다]

그리고 이 훌륭한 자격에 맞게

그대를 슈르즈버리 백작으로 서작하겠소. 25

그러니 짐의 대관식에 참석하도록 하시오.

퇴장 나팔. 모두 퇴장. 버논과 바셋은 남는다.

버논 이보게, 자네가 항해 중에 너무 화가 난 나머지

내가 요크 공에 대한 경의로 달고 있는

이 문장을 모욕한 바 있는데

그때 한 말을 다시 내뱉을 것인가? 30

바셋 그렇고말고,

그 시건방진 네놈 혓바닥이 우리 소머셋 공작에 퍼부었던
악의 넘치는 말을 한다면 말이지.

버논   이봐, 네 주인께 걸맞은 경의를 표한 거라구.

35 **바셋**   왜, 그분이 어때서? 요크 공 못지않게 훌륭한 분이야.

버논   들어봐, 그렇지 않아. 그 증거로, 이거나 받아라.

버논이 그를 때린다.

바셋   이 악당 놈아, 네놈이 궁중에서 칼을 뽑으면
즉각 사형이라는 무기 법을 알고 있구나.
그것만 아니면 이 한방이 네놈의 피를 흘리게 할 텐데.

40   하지만 내가 폐하께 가서
네놈이 한 짓에 대해 복수를 할 허락을 청원하겠다.
내가 네놈한테 죗값을 치르게 할 테니 두고 봐라.

버논   그래, 나쁜 놈아, 나도 네놈 못지않게 빨리 그리로 가겠다.
그 후 네놈 소원보다 더 빨리 네놈을 만나게 될 거다.

모두 퇴장

4막

1장

궁정, 파리

화려한 취주. 헨리 왕, 글로스터 공작, 윈체스터 주교,
엑스터공작, 백장미 달고 요크 공작 리처드와 워릭 백작이,
붉은 장미 달고 서포크 백작과 소머셋 공작이,
그리고 탈봇 영주와 파리 행정관 등장

글로스터 주교, 왕관을 폐하의 머리에 얹으시오.

윈체스터 주여, 헨리 왕, 그 이름의 여섯 번째를 지켜주소서!

윈체스터가 왕에게 왕관을 씌어 준다.

글로스터 이제, 파리 시장, 맹세하시오

헨리 왕 이외에 다른 누구도 왕으로 인정하지 않으며,

헨리 왕의 편에 든 사람이 아니면, 우리 편으로 인정하지 않고,

헨리 왕의 신변에 악의적인 음모를 꾀하는 자가 아니면

어느 누구도 적으로 여기지 않겠다고 말이오.

그대가 이 맹세를 하니, 정의의 하느님이 도울 것이오.

존 파스톨프 경이 편지를 들고 등장

파스톨프 폐하께 아뢰오나, 칼레에서 말을 타고

서둘러 폐하 대관식을 향하던 중

편지 한 통이 제게 전달되었는데,

[그가 편지를 내민다]

버건디 공작께서 폐하께 보낸 것이옵니다.

탈봇 버건디 공작은 부끄러운 줄 알아라. 그리고 네놈,

[파스톨프의 다리에 있는 가터를 찢어낸다.]

비열한 기사놈아, 다음에 네놈을 만나면 겁쟁이 다리에서

기사 양말대님을 찢어 내겠다고 맹세했다.   15

내가 이러는 것은 네가 분수에 맞지 않게

그 높은 직위에 임명되었기 때문이다.

용서하십시오, 폐하와 대신들,

이 겁쟁이는 파테이 전투[16]에서

아군의 병력이 모두 다해 고작 6천이었고,   20

프랑스군은 거의 10배에 이른 것을 알고,

우리가 싸우기도 전에, 일격도 가하지 않고,

충실한 기사답게 도망치고 말았습니다.

그 공격에서 우리는 병사 1천 2백을 잃었지요.

저 뿐만 아니라 여러 지체 높은 신사들까지   25

기습을 당하고 포로로 잡혔습니다.

그러니 대신들, 제 행동이 부당한 것인지,

아니면 이 겁쟁이가 기사의 장식을 다는 것이 옳은지

판단해 주십시오.

---

16. 프랑스 중부에 위치한 파테이. 1막 1장 세 번째 사자가 언급한 것은 1429년 6월
    18일의 파테이 전투였을 것이다.

₃₀ **글로스터** 참으로, 이런 일은 파렴치하고

평민이 했다 해도 꼴불견인 일인데,

하물며 기사, 지휘관이자 지도자에 있어서는 더하지.

탈봇 대신들, 처음 이 작위가 제정되었을 때,

가터 기사들은 고귀한 혈통으로,

₃₅ 용감하고 덕이 높으며, 전쟁에서 명성을 떨치며

야심찬 용맹으로 가득한 사람이었습니다.

죽음을 두려워하지 않고 고통에 위축되지도 않으며,

극도로 위험한 상황에서도 늘 결연합니다.

그렇다면 이러한 품성을 갖추지 않은 자가

₄₀ 기사라는 신성한 이름을 찬탈하는 것이고,

가장 명예로운 작위를 신성모독 하는 것입니다,

그러니 (제가 판결을 내릴 자격이 있다면)

근본 없는 시골뜨기가 주제넘게 고결한 혈통을

자랑하는 것 같아서 그 작위는 마땅히 박탈해야 합니다.

₄₅ **헨리 왕** [파스톨프에게] 네 동포를 더럽힌 자야, 너는 판결을 들었겠다.

짐을 싸라, 그러니까, 너는 한때 기사였을 뿐,

이제 짐이 너를 추방하노니 어기면 사형이다.

[파스톨프 퇴장]

이제, 섭정 공, 짐의 숙부, 버건디 공작[17]이 보내신

편지를 보지요.

---

17. 헨리 6세의 숙부인 베드포드 공이 버건디 공의 여동생 앤과 결혼했기 때문에 버건디 공을 숙부라고 부르고 있다.

글로스터 어째서 공작께서 수신인 표기 방법을 바꾼 거지?　　　　50

수식 없이 평범하고 직설적으로 '왕에게'라고만 쓰여 있다?

공작은 왕이 자신의 주군이라는 것을 잊었단 말인가?

아니면 이 예의 없는 수신인 표기 방법은

충성심이 변한 것을 나타내는 것이 아닌가?

이게 뭐지? '나는 특별한 이유가 있어,　　　　55

내 조국의 몰락에 대한 연민과

폐하의 압제로 인해 고통 받는

동포의 처절한 비탄을 묵과할 수 없어

폐하의 간악한 당을 버리고

프랑스의 정통 왕이신 샤를의 편에 합류했노라.'　　　　60

오 끔찍한 반역이로다! 이럴 수가 있는가?

동맹과 우애, 그리고 맹세 속에

어떻게 이런 거짓에 찬 음흉한 속임수가 들어 있단 말이오?

헨리 왕 뭐라? 숙부 버건디 공이 반역을 저질렀단 말이오?

글로스터 그랬습니다, 폐하, 이제 폐하의 적입니다.　　　　65

헨리 왕 그것이 편지 내용 중 최악이오?

글로스터 폐하, 여기에 쓰인 최악이고, 전부입니다.

헨리 왕 옳지 그러면, 탈봇 경을 그리로 보내 그와 얘기하고

이 모욕에 대해 응징토록 하면 되겠습니다.

[탈봇에게] 어떠시오, 경? 불만이 없으신가요?　　　　70

탈봇 불만이라니요 폐하? 전혀 없습니다, 제게 이르셨기 망정이지.

제가 나서서 그 소임을 간청했을 것입니다.

헨리 왕 그렇다면 병력을 모아 즉시 그에게로 행군하세요.

짐이 저자의 반역을 얼마나 불쾌해하는지, 그리고 친구를

75 모욕한 죄의 대가가 어떤 것인지 알게 해야지.

탈봇 분부대로 행하겠습니다, 폐하께서 적들의 혼란을 보시게 될 날을

마음 깊이 염원하고 있습니다. [퇴장]

하얀 장미를 단 버논과 붉은 장미를 단 바셋 등장

버논 폐하, 신에게 결투를 허락해 주소서.

바셋 폐하, 신에게도 결투를 허락해 주소서.

80 **요크** 이자는 신의 추종자입니다, 폐하, 청을 들어주소서.

소머셋 이자는 신의 추종자입니다, 폐하, 이자를 총애해 주소서.

헨리 왕 두 분 가만 계시고, 저들에게 발언권을 주시지요.

말해 보라, 왜 이리 언성을 높이는 것이냐,

그리고 어째서 결투를 하겠다는 것인지, 또 누구와 하겠다는 것이냐?

85 **버논** 저 잡니다, 폐하, 저자가 소인을 모욕했습니다.

바셋 저 잡니다, 저자가 소인을 모욕했습니다.

헨리 왕 둘 다 불평하는 그 모욕이란 게 무엇이냐?

우선 알려다오, 그리고서 내가 두 사람한테 답해 주리라.

바셋 바다를 건너며 잉글랜드에서 프랑스로 오던 중,

90 여기 이 작자가 사악하고 흠집 내는 혓바닥으로

신이 달고 다니는 장미에 대해 저를 꾸짖고,

제 주인이신 소머셋 공과 요크 공이

법적인 문제에 대해

끈질기게 진실을 인정하지 않으며

사악하고 굴욕적인 언사를 퍼부을 때   95

이 꽃잎의 핏빛 같은 붉은 색깔이

제 주인의 빨개진 뺨을 나타낸다고 했습니다.

이와 같은 무례한 비난을 논박하고,

제 주인의 탁월하심을 옹호하기 위하여

저는 결투권을 바라는 것입니다.   100

버논   폐하, 바로 그것이 제 청원입니다.

비록 저자가 꾸며 낸 교묘한 말로

과감히 자신의 의도를 그럴듯하게 감추고 있지만,

폐하, 실은 저자가 저를 자극했고,

먼저 이 휘장에 이의를 제기했습니다,   105

이 꽃의 창백함이 제 주인님의

빛을 잃은 유약한 심정을 나타낸다고 떠벌렸습니다.

요크   소머셋, 이 악의를 접어 두지 않으시려는가?

소머셋   요크 경, 당신이 아무리 교묘하게 덮어 가리려 해도

당신의 사적인 양심은 드러날 것이오.   110

헨리 왕   경, 도대체 어떤 광기가 흥분한 사람들을 지배하는 하는지,

어떻게 그리도 사소하고 하찮은 이유로

이런 당파 싸움이 생겨날 수 있단 말이오?

서로 친척이신 요크와 소머셋,

부디 진정하시고, 화해하세요.   115

요크   먼저 이 불화를 결투로 검증케 하신 후에

폐하께서 화해를 명하여 주시옵소서.

소머셋 이 싸움은 저희 두 사람의 일이니,

둘이서 결판내도록 하여 주시옵소서.

120 **요크** 이 장갑이 내 도전장이다. 받아라, 소머셋.

버논 아닙니다, 처음 시작된 대로 두십시오.

바셋 주인님, 그렇게 해주십시오.

글로스터 그렇게 한다구? 싸움을 당장 그만두지 못할까,

그 시건방진 입놀림을 거두고 당장 꺼지거라!

125 주제넘은 종자들, 부끄럽지도 않느냐

이 불손하고 요란한 난입으로

폐하와 우리를 괴롭히고 방해한단 말이냐?

그리고 경들, 저들의 비뚤어진 항의를

그냥 두고 보시는 건 옳지 못하거니와

130 하물며 그들 언사를 기회로,

경들의 폭동을 부추기시다니요

내 말을 듣고 더 나은 방향으로 나아갈 수 있도록 하시오.

엑스터 경들, 두 분의 싸움은 폐하를 슬프게 하는 일이니, 화해하시오.

헨리 왕 결투를 하려는 두 사람은 이리 나오라.

135 이제 너희가 짐의 은총을 바랐으니, 왕명이다.

이 싸움과 원인을 완전히 잊으라.

그리고 경들, 우리가 있는 곳을 생각해보시오—

프랑스, 변덕스럽고 갈팡질팡하는 나라 한가운데 서 있소.

저들이 우리가 이처럼 뜻이 안 맞고

우리 표정에서 불화를 감지한다면,   140
그들의 원한에 찬 울화가 터져 나와
제멋대로 불복하고, 반란을 일으키지 않겠소!
게다가, 어떠한 오명을 겪을지 모르오.
헨리 왕의 사람들과 주요 귀족들이
하찮고 작은 일로 무너지고   145
프랑스의 영토를 잃어버렸다는 사실이
외국 군주들에게 알려진다면 말이오.
오, 부친의 정복 전쟁과 제 어린 나이를,
생각해주시오, 그리고 사소한 일로 인해
피로 사들인 것을 잃어버리는 일은 없어야 하지 않소.   150
내가 이 불분명한 분쟁을 중재하리다.

                                 [그가 붉은 장미를 단다]

내가 장미를 달고 다니면,
누구든 나를 요크 아니라 소머셋 편으로 볼 수 있다는
이유를 잘 모르겠소.
둘 다 내 친척이고 나는 두 분 모두 사랑합니다.   155
그런 이유라면 스코틀랜드 왕이, 왕관을 썼으니,
사람들이 내 왕관을 비난하는 것이 당연하오.
그러나 두 분의 사려 깊음 때문에 내가 훈시하거나
가르치지 않아도 납득할 수 있을 것이오.
그러니, 우리가 평화로이 이곳으로 온 것처럼   160
늘 평화와 사랑으로 지냅시다.

친척인 요크, 짐은 프랑스의 이 지역을 다스리는 섭정으로,

공을 임명하오.

그리고 소머셋 공은,

165 공의 기마부대와 요크 경의 보병을 합쳐서

진정한 신민답게, 그대들 조상의 아들들답게,

유쾌히 함께 어울리고 푸시오

두 분의 격한 분노는 적들에게나 발산하시오.

짐과 글로스터 섭정, 그리고 나머지 경들은,

170 잠시 휴식을 취한 후, 칼레로 돌아가,

거기서 잉글랜드로 갈 것이오. 그곳에서 머지않아

샤를, 알랑송, 그리고 반역의 폭도들을 쳐부쉈다는

승리의 소식을 듣게 될 것이라 생각하오.

화려한 취주, 모두 퇴장. 요크, 워릭, 그리고 엑스터는 남는다.

워릭 요크 경, 내 장담컨대, 폐하께서

175 꽤나 설득자의 역할을 잘 하신 것 같소.

요크 그러셨지요, 하지만 왕께서 소머셋의 문장을 다신 것은

맘에 들지 않아요.

워릭 쯧, 그건 폐하의 색깔 취향일 뿐 탓할 게 못 되지요.

악의가 있어서 그런 건 아닌 것 같은데.

180 **요크** 그러신 거라면 ─ 하지만 넘어가지요.

당장 처리해야 할 다른 일들이 있으니.

모두 퇴장. 엑스터는 남는다.

엑스터 리처드, 아무 말도 않고 참은 것은 잘한 일이야,
경의 가슴 속 열정이 터져 나온다면
우려컨대 거기서 드러날 수밖에 없는 것은
이제껏 누구도 상상하거나 가정하지 못할 정도로   185
원한에 찬 양심과 격노하여 날뛰는 소동뿐이지.
하지만 소용없지, 아무리 무지한 자라도
이 삐걱대는 귀족들의 불화와
궁정에서 서로를 어깨로 밀쳐 대며
추종자들까지 일삼는 이 당파 싸움을 본다면,   190
그게 정말 불행한 결과의 전조임을 알 것이다.
왕홀이 나이 어린 분의 손에 있는 것도 문제지만,
시샘이 기괴한 분열을 낳는 것이 더 큰 문제로다.
거기서 파멸이 오고, 혼란이 시작되니 말이지.

퇴장

2장

보르도 시 앞

탈봇 영주가 나팔수 및 고수, 그리고 병사들과 함께 등장

탈봇 나팔수, 보르도 성문으로 가서

그들의 장군을 성벽으로 불러내라.

> [나팔수가 회담 요청 신호를 분다. 위로, 프랑스 장군 등장]

지휘관, 잉글랜드 왕 해리에 무장한 신하인

잉글랜드인 존 탈봇이 알리니,

5 그대의 도시 성문을 열고

우리를 공손히 대하고, 우리 군주를 그대의 군주로 칭하며

복종하는 신하로서 예의를 갖추라,

그러면 나도 물러나고 내 잔혹한 군사를 철수하겠다.

그러나 이 평화의 제의에 눈살을 찌푸린다면,

10 그대는 나를 따르는 세 수행원인

앙상한 기근, 사지를 찢는 검, 치솟는 불길의 분노를 부추겨

그대의 장중한, 공중과 겨루는 탑들을

순식간에 대지에 쓰러뜨릴 것이다.

만일 그대가 사랑의 제안을 거부한다면 말이다.

15 **지휘관** 불길하고 두려운 죽음의 부엉이야,

우리 민족의 공포이자 잔학한 채찍아,

네 포학질도 곧 끝이 다가온다.
너는 죽음이 아니고서는 우리한테 들어올 수 없다.
우리의 요새는 견고하고
나가서 싸울 병력도 강력한 힘도 충분하다.   20
네가 물러난다 해도, 우리 황태자께서 훌륭한 병력을 갖추고
너를 전쟁의 덫에 빠뜨리기 위해 서 계시다.
양쪽에 부대가 배치되어
널 제멋대로 도주할 수 없게끔 막았고,
어느 쪽을 향한들 사태는 나아지지 않고   25
명백한 전리품인 너를 오로지 죽음이 직면하고
창백한 파멸이 네 얼굴을 응시하리라.
1만 명의 프랑스 병사가 오로지 잉글랜드인 탈봇에게만
위험천만한 대포를 쏘겠다고
신성한 서약을 하였다.   30
저런, 너는 무적의 정복할 수 없는 정신의
살아 숨 쉬는 용감한 사내로, 거기에 서 있구나.
이것이 적장인 내가 네게 주는
칭찬의 마지막 영광이노라.
왜냐하면 이제 흐르기 시작하는 모래시계가   35
모래 같은 시간의 경로를 다하기 전에
내 눈에 비친 혈색 좋은 너의 모습은
시들고, 피에 얼룩지고 창백해져 죽은 모습일 테니.

[먼 곳에서 북소리]

들으라, 들으라, 도핀의 북소리다, 경고의 종소리지,
40   음악을 벌벌 떠는 네 영혼에 무거운 음악을 연주한다.
그리고 내 북소리는 너의 끔찍한 퇴장을 이끌도록 울릴 것이다.

[퇴장]

탈봇 허튼 소리가 아니구나, 적들의 소리가 들려.
경기병들, 가서 적군의 옆구리를 살펴보라.

[한두 명 퇴장]

오 게으르고 경솔한 작전이다,
우리는 울타리에 속에 쫓겨 갇히고 말았구나 —
45   소심한 잉글랜드 사슴의 작은 무리가
프랑스 똥개들이 컹컹 짖는 소리에 어쩔 줄 모르는구나.
우리가 잉글랜드 사슴이라면, 격정을 품어야지,
허약하고 쓸모없는 사슴처럼 한 입에 쓰러질 것 아니라,
오히려, 격노하여 필사적인 수사슴으로,
50   피비린 사냥개한테 강철의 머리로 돌격하여
그 겁쟁이들을 궁지에 몰아 꼼짝 못하게 하는 거다.
모두 각자의 목숨을 나처럼 비싸게 파는 거다.
그래서 우리가 비싼 사슴인 것을 적들에게 보여주라.
신이여, 성 조지여, 탈봇이야 영국의 권리여,
55   이 위태로운 싸움에서 우리의 깃발을 번성케 하소서!

모두 퇴장

3장

프랑스 어느 곳

요크 공작을 만나러 온 사자 등장
요크 공작 리처드, 나팔수 및 숱한 병사들과 함께 등장

요크 도핀의 강력한 군대를 추적한
발 빠른 정찰대는 돌아오지 않았는가?

사자 돌아왔습니다, 공작님, 그들의 보고에 따르면
황태자 도핀은 자신의 세력을 거느리고 탈봇과 싸우려고
보르도로 행군중이라고 합니다, 그가 행군하는 도중에,   5
공의 염탐꾼들 말에 따르자면
도핀이 이끄는 것보다 강력한 두 부대가 합류하여
보르도를 향해 행군하였다고 합니다.

요크 악당 소머셋에게 저주를
이번 공격을 위해 소집된 기마병들을   10
보내기로 약속하고 이렇게 지체하다니!
저명한 탈봇이 내 도움을 고대할 터인데,
나는 반역자 악당의 놀림감이 되어
그 고귀한 기사를 도울 수가 없구나.
하느님 곤경에 빠진 탈봇에게 힘을 주소서,   15
그가 잘못되면, 프랑스에서의 전쟁도 끝이다!

또 다른 사자 윌리엄 루시 경 등장

루시 우리 잉글랜드 군대를 이끄시는 지휘관님,

프랑스 대지 위에 이토록 필요한 적 없었나니.

고귀한 탈봇 장군을 구하는데 박차를 가해 주십시오.

20 지금 무쇠 띠가 그의 허리를 졸라매고,

냉혹한 파멸 직전에 있음이옵니다.

보르도로 가세요. 용사 공작님 보르도로.

아니면 탈봇, 프랑스 령, 잉글랜드의 명예 모두 끝입니다.

요크 오 하느님, 오만한 마음으로

25 내 기병대를 가로막는 소머셋이 탈봇 장군 자리에 있다면!

그러면 우리는 반역자이자 겁쟁이는 죽게 내버려두고

용감한 신사 한 분을 구할 텐데

게으른 반역자들이 잠든 동안에 이렇게 우리가 죽다니,

광란의 분노와 격분으로 눈물이 쏟아지는구나.

30 **루시** 오, 고통을 겪는 장군에게 어떻게든 원군을 보내소서.

요크 그가 죽으면 우리가 진다, 내가 전투 맹세를 깨고,

우리는 슬퍼하고, 프랑스는 웃는다, 우리는 지고 그들은 매일

승리한다.

모두 이 사악한 반역자 소머셋 때문이다.

루시 그렇담 하느님, 용감한 탈봇의 영혼을 불쌍히 여기소서,

35 그리고 그의 아들 어린 존을, 내가 두 시간 전에

만났는데 자신의 용사 아버지한테 가는 중이었소,

　　　　지금까지 7년[18] 동안 탈봇은 자신의 아들을 못 보았는데,
　　　　목숨이 다하는 곳에서 두 사람이 만나는군요.

요크　어린 아들을 자신의 무덤에서 만나는데
　　　　고귀한 탈봇 장군이 어찌 기뻐할 수 있겠는가?　　　　　　　　40
　　　　가라, 헤어진 친구들이 죽음의 시간에 인사를 나누다니
　　　　애가 타서 숨이 막힌다.
　　　　루시, 잘 가게. 더 이상 내 운수로는 그 애를 도울 수 없는
　　　　원인을 저주하는 것 말고는 할 수 있는 게 없소.
　　　　마인, 블로아, 쁘아띠에, 그리고 투르를 빼앗기는구나.　　　　45
　　　　모두 소머셋과 그가 지체한 탓이라니.

루시만 남고 모두 퇴장

루시　이렇게 난동의 독수리가
　　　　이토록 위대한 사령관들의 가슴을 파먹는 동안,
　　　　잠든 태만이 우리 영토를 적에게 내주고 마는구나.
　　　　아직 피가 식지 않은 우리 정복자,　　　　　　　　　　　50
　　　　영원히 우리 기억 속에 살아 있는
　　　　헨리 5세가 정복한 땅을, 동포들이 서로 싸우는 동안,
　　　　생명, 명예, 영토와, 모든 것을 성급히 잃고 마는구나.

퇴장

---

18. 7년은 관용적으로 긴 세월을 나타낸다.

장면 계속

소머셋 공작, 그의 군대와 함께 등장

소머셋 너무 늦었네, 지금 그들을 보낼 수 없군.
55 　　　이번 작전은 요크와 탈봇이
　　　너무 성급하게 짠 것이야. 우리 병력 전체를 모아도
　　　그 도시를 공격하려면
　　　빠듯할 텐데. 대담한 탈봇이
　　　이 조심성 없고, 필사적인, 거친 모험으로,
60 　　　종전의 빛나는 모든 명예를 떨어뜨리고 말았다.
　　　요크가 싸우다 치욕스레 죽으라고 그를 부추긴 거지,
　　　그래야, 탈봇이 죽고, 위대한 요크가 명성을 얻을 테니.

루시 등장

지휘관 저기 윌리엄 루시 경이 오네요, 열세인 아군이
　　　원군을 요청하여 저와 함께 파견된 분입니다.
65 **소머셋** 이보오, 윌리엄 경, 어디서 파견된 거요?
루시 어디서요, 경? 사고 팔린 탈봇 경에게서 왔습니다.
　　　그분은 막강한 적군에 포위되어,
　　　고결한 요크와 소머셋을 부르며
　　　우리 약한 군대에서 죽음의 습격을 내쳐달라고 절규하십니다,
70 　　　그리고 그 명예로운 지휘관이 그곳에서

전투에 지친 사지마다 피투성이 땀방울을 흘리고,
불리한 입장에서, 구조의 손을 찾는 동안,
당신들 그의 거짓 희망들, 잉글랜드 명예의 신탁자들은,
쓸데없는 경쟁으로 모르는 척 방관하고 계십니다.
두 분의 사적인 불화 때문에   75
탈봇 경을 돕기 위해 징집된 지원군을 보내지 않으시면 안 됩니다.
이러는 동안 고귀하신 명장 탈봇 장군께서
엄청난 난관에 자기 목숨을 내주고 계십니다.
서자 오를레앙, 샤를, 그리고 부르고뉴,
알랑송, 레이니에가 탈봇 경을 포위하고 있습니다.   80
공들의 과실로 장군은 돌아가시는 겁니다.

소머셋 요크가 그를 부추겼으니, 요크가 지원을 했어야지.

루시 요크 공께서도 나리처럼 당장 나리를 탓하시던데요,
이번 원정을 위해 징집한
공작의 기병들을 보내지 않았다고 욕을 하면서요.   85

소머셋 거짓말이다. 요크가 사람을 보냈으면 내가 기병을 보냈지.
난 그자한테 빚진 거 없고 사랑할 일 더욱 없고,
기병을 보내 그에게 아첨 떠는 일은 치욕이다.

루시 고결한 심성의 탈봇을 함정에 빠뜨린 것은
프랑스 군이 아니라, 영국군의 기만이다.   90
당신네들 다툼으로 운명에 배반당하여
그는 결코 목숨을 잉글랜드로 가져오지 못할 것이다.

소머셋 갑시다, 어서. 내 당장 기마병을 파견하겠소.

여섯 시간 안에 그들이 그를 도울 수 있을 것이오.

루시 구조는 너무 늦었어요. 그는 사로잡히거나 살해당할 겁니다.

  도망가려 해도 도망칠 수 없을 것이며,

  도망갈 수 있다 해도, 도망가실 분도 아니고요.

소머셋 전사한다면, 용감한 탈봇, 작별을 고하오.

루시 그의 명성은 세상에 남지만, 수치심은 당신들 속에 살 것이오.

따로따로 퇴장

4장

보르도 근처 전장

탈봇 영주와 그의 아들 존 등장

탈봇 오 내 아들 존 탈봇, 너에게 전술을 가르치려고
내가 너를 불렀다
진액 빠진 나이와 허약하고 사지를 못 쓰게 되어
네 애비를 축 처진 모습으로 의자에 앉히게 될 때
탈봇의 이름이 너로 하여금 되살아날 것이니   5
하지만 오 — 악의에 찬 불길한 운명의 별들이로다! —
이제 너는 죽음의 향연 속으로,
끔직하고, 피할 수 없는 위험 속으로 들어왔구나.
그러니, 아들아, 가장 빠른 내 말에 올라 타거라,
네게 재빠르게 도피할 방법을 일러주리라   10
지체하지 말고 어서 도망가라.

존 제 이름이 탈봇이고, 제가 아버님의 아들인데,
도망을 치라시니요? 오, 어머니를 사랑하신다면,
저를 애비 없는 자식이자 노예로 만들어
어머니의 정숙한 이름을 더럽히지 마십시오.   15
고귀한 탈봇이 싸울 때 도망친 것을 보면
세상이 저자는 탈봇의 혈육이 아니라고 수군댈 겁니다.

탈봇　도망쳐라, 내가 살해당하면 내 죽음을 복수해 다오.

존　그렇게 도망친 자 결코 다시 돌아오지 않을 겁니다.

20　**탈봇**　우리 둘 다 여기 있으면, 둘 다 분명 죽을 것이야.

존　그렇담 제가 남고, 아버지가 도망치세요.

아버지의 죽음은 손실이 거대합니다. 몸을 아끼셔야지요.

제 가치는 알려진 바 없으니, 저의 손실 또한 그러합니다.

제 죽음으로 프랑스인들이 자랑할 것은 별로 없습니다.

25　아버지 죽음은 다르죠, 그것으로 모든 희망이 사라지니까.

도망가셔도 아버지가 얻은 명예를 흠집 내지 못해요.

그러나 어떤 공적도 세운 바 없으니 제 명예는 흠집을 얻는 거죠.

아버지의 도피는 군사적 이익이다, 모두 그리 말하겠으나,

제가 굽힌다면, 사람들은 두려워서 그랬다 말할 겁니다.

30　처음부터 기가 죽어 도망친다면,

제가 앞으로 전장에 머물러 싸우게 될 희망은 전혀 없지요.

치욕으로 이어가는 목숨보다는

여기서 무릎 꿇고 애원하오니 죽게 해주십시오.

탈봇　네 어머니의 모든 희망이 한 무덤에 묻혀야 하겠느냐?

35　**존**　예, 제가 어머니의 자궁을 수치스럽게 하는 것보다 낫습니다.

탈봇　내가 받을 축복을 걸고 명하노니 너는 가거라.

존　싸우려는 가겠으나, 적한테서 도망치지 않겠습니다.

탈봇　네 애비 목숨의 일부가 너 때문에 구제받는 것일 수도 있어.

존　저 때문에 남을 아버지 부분은 치욕뿐일 겁니다.

40　**탈봇**　넌 이름이 알려진 바 없으니, 잃을 것이 없다.

존   있죠, 아버지의 명성이죠 — 도망쳐서 그 명성을 욕보이겠지요?

탈봇   네 아버지의 명령이 널 그 오명에서 씻어 주리라.

존   아버지가 살해되시면, 어찌 확인할 수 있겠어요?

       죽음이 그토록 명백하다면, 함께 도망쳐요.

탈봇   나의 부하들을 여기서 싸우다 죽게 놔두고 말이냐?   45

       내 평생 그런 치욕으로 물든 적은 없느니.

존   헌데 제 젊음을 그런 죄로 비난을 받아서야 되겠습니까?

       아버지가 스스로 자신을 두 쌍둥이로 가를 수 없듯이

       아버지가 저를 아버지한테 떼어 놓으실 수 없습니다.

       싸우시든 가시든 마음대로 하세요. 저도 똑같이 할 겁니다.   50

       아버지가 돌아가시면, 전 살지 않을 겁니다.

탈봇   그렇다면 아들아, 여기서 작별이다.

       너의 목숨도 오늘 오후면 생명을 다할 것이니.

       가자, 나란히 함께 살고 죽자,

       그리고 두 영혼 함께 프랑스에서 천국으로 날아가자.   55

모두 퇴장

장면 계속

전투 경보. 소규모 전투, 그 도중 탈봇 영주 아들 존이
프랑스 병사들한테 둘러싸이고 탈봇이 그를 구출한다.
잉글랜드인이 프랑스인을 몰아낸다.

탈봇   성 조지와 승리를 위해! 싸우라, 병사들, 싸우라!

섭정 요크가 탈봇과 약속을 깨고,

프랑스의 분노한 칼날에 우리를 내팽개쳤다.

어디 있지 존 탈봇? 잠시 숨을 편히 쉬어라.

60   내가 네게 생명을 주었고, 죽음에서 너를 구했으니.

존   오 두 번이나 내 아버지, 두 번이나 저는 당신 아들입니다.

아버지께서 제게 처음 주신 생명이 다하고 끝나버릴 참에

아버지의 호전적인 칼로, 운명을 무릅쓰고,

정해진 그 순간에 아버지께서 새로운 생명의 날을 주시는군요.

65   **탈봇**   네 칼이 황태자 도핀의 투구에서 불꽃을 일으켰을 때

그 열기가 대담하게 승리를 맛보려는 당당한 욕망을 지닌

아비의 가슴을 불태웠다. 그러자 납과 같은 나이가,

네 젊음의 용기와 호전적인 분노로 활기를 되찾아,

내가 알랑송, 오를레앙, 부르고뉴를 물리쳤구나.

70   그리고 갈리아의 오만으로부터 너를 구했다.

격노한 서자 오를레앙이 처음으로 겪는

너의 첫 전투에서 너에게 피를 흐르게 했지만

바로 그 때 나와 마주쳤다.

몇 번의 칼이 오가다가, 내가 재빨리 그 서자의

75   피를 흘리게 했고, 그자에게 치욕의 말을

퍼부었다. '내가 너한테 오염된, 비천한,

그리고 서출의 피를 흘리게 했다,

네놈이 탈봇, 내 아들한테서 뽑아낸 순수한 나의 피의 대가로

내가 비열하고 정말 초라한 피를,'

이렇게 말하고, 그자를 박살내려는데,   80
강력한 구조대가 밀어닥쳤다. 말해 보거라.
힘들지 않느냐, 존? 괜찮으냐?
지금이라도 전장을 떠나, 얘야, 도망가지 않겠느냐,
이제 기사의 아들로서 도리를 다 한 것을 모두 알게 되었으니?
내가 죽으면 복수할 수 있도록 도망쳐라.   85
너 혼자 있어봐야 내게 도움 될 것이 없다.
우리 목숨 전부를 작은 배 하나에 싣고 위험을 당하는 것이
오, 너무나 어리석은 일인지 나는 잘 안다.
내가 오늘 프랑스인들의 분로로 죽지 않아도,
내일이면 노령으로 죽게 될 것이다.   90
내가 머물러 싸운다 해도 저들에게 득 될 것이 없고,
내 생명을 단 하루 연장할 뿐이다.
네가 죽으면 네 어머니도 죽고 우리 가문의 이름,
내 죽음의 복수, 네 청춘, 그리고 잉글랜드의 명성이 사라진다.
이 모든 것과 그 이상이 네 싸움으로 위험에 빠지는 거다.   95
네가 도망간다면 이 모든 것이 구원받는 거야.
존   오를레앙의 칼은 아프지 않았어요.
아버지의 말씀을 들으니 제 가슴에서 생명의 피가 빠져나갑니다.
그런 치욕으로써 사들인 이득 때문에,
보잘 것 없는 목숨을 구하고 빛나는 명성을 죽이다니요?   100
아들 탈봇이 아버지 탈봇에게서 달아난다면
나를 태운 그 겁쟁이 말이 쓰러져 죽을 겁니다!

그리고 나를 프랑스 시골뜨기 소년처럼,

치욕스러운 조소와 불행을 한 몸에 받게 될 겁니다.

105 분명, 아버지께서 얻으신 온갖 영광을 걸고

제가 도망간다면 저는 탈봇의 아들이 아닙니다.

그러니 더 이상 도망가라는 말씀 마세요, 아무 소용없습니다.

탈봇의 아들이라면, 탈봇의 발밑에서 죽습니다.

탈봇 그렇다면 크레테의 죽음을 건 절망적인 아비를 따라 오너라,

110 너는 이카루스다, 너의 생명은 내게 향기로웠나니.

싸우길 원한다면, 아버지 곁에서 싸우도록 해라.

그리고 훌륭한 공적을 남겨 우리 자랑스럽게 죽자구나.

모두 퇴장

장면 계속

전투 경보. 소규모 전투. 아버지 탈봇이 부하 손에 이끌려 등장

탈봇 내 또 다른 생명은 어디 있느냐? 내 생명은 사라졌도다.

오 어린 탈봇 어디 있느냐, 용감한 존은 어디 있느냐?

115 포로의 피로 더럽혀진 승리자 죽음이여,

어린 탈봇의 용기 때문에 내가 죽음을 비웃게 된다.

그 애는 내가 기운 빠져 무릎 꿇은 것을 알고는,

내 위로 자신의 피투성이 칼을 휘두르며,

굶주린 사자처럼 분노와 성마름의

120 난폭한 행동을 보여줬지.

하지만 성난 나의 수호신이 홀로,

쓰러진 나를 보살피고 아무도 그 애를 공격하지 못할 때에.

어지러운 눈을 한 분노와 가슴의 거대한 노여움으로

갑자기 그 애가 내 곁을 떠나

군집한 프랑스인들의 전열 속으로 돌진하여　　　　　　　　　125

그리고 내 아들은 피의 바다 속에

과하게 치솟는 자신의 혼을 적시고, 거기서 죽었다

나의 이카루스, 나의 꽃, 자랑스럽게.

　　　　　잉글랜드 병사들이 존 탈봇의 시신을 나르며 등장

부하　오 장군님, 저기 아드님 시신이 오고 있습니다.

탈봇　조롱하며 웃는 죽음아, 네가 지금 우리를 비웃지만은,　　　　130

이제 곧 네 모욕의 폭정에서 벗어나,

영속의 유대로 맺어져서,

두 탈봇이 날개를 달고 허락의 하늘을 통과하여

네가 막아도 필멸 속으로 피할 것이다.

[존에게] 오 너의 상처가 죽음의 신처럼 흉악해졌으니,　　　　　135

네가 숨을 끊기 전에 아버지한테 말을 해주라.

죽음이 어떻게 하든 말을 하여 죽음과 맞서라.

죽음을 프랑스인이자 너의 적으로 상상해라.

불쌍한 아들아, 웃으며, '죽음이 프랑스인이라면

그자가 오늘 죽었습니다,'라고 말하는 것 같구나.　　　　　　　140

가자, 어서, 아버지 품안에 아들을 안겨 다오.

[병사들이 존을 탈봇의 팔에 안겨준다]

내 정신은 이 해악을 더 이상 견딜 수 없노라.

병사들아, 잘 있어라. 나는 아들을 품에 안았으니,

이제 늙은 내 팔이 어린 존 탈봇의 무덤이다.

그가 죽는다. 전투 경보. 시신을 나누고 병사들 퇴장.
샤를 도팽, 알랑송 및 부르고뉴 공작, 오를레앙의 서자,
그리고 성처녀 잔 등장

145 **샤를** 요크와 소머셋이 지원군을 보냈다면,

우리는 오늘 피비린 날을 맞았을 것이오.

서자 탈봇의 어린 새끼가, 어찌나 미친 듯 날뛰며,

보잘 것 없는 칼질로 프랑스인들을 찔러 피를 흘리게 했지요.

잔 그와 한번 맞닥뜨렸는데, 내가 이렇게 말했소.

150 '신출내기 총각, 처녀한테 당해 보아라.'

한데 당당하게 우쭐거리며 드높은 경멸로써

그가 이렇게 대답하는 거였소. '탈봇의 아들은

창녀하고 싸우려고 태어난 게 아니다.'

그렇게 프랑스군의 한가운데로 돌진하면서,

155 나는 싸울 가치가 없다며 그는 당당하게 떠났소.

버건디 틀림없이 그는 고귀한 기사가 되었을 거요.

우리 군에 가장 처참한 피해를 준 자의 팔 속에

관에 누운 듯 안겨 있는 저 모습을 보시오.

서자 저 둘을 갈기갈기 찢고, 뼈를 산산조각 내라.

저들의 삶은 잉글랜드의 영광, 갈리아의 경악이었다. 160

샤를 오 아니, 참으시오, 살아있는 동안에는 우리가 도망쳤던
자들이었는데, 죽은 상태로 모욕하지 맙시다.

윌리엄 루시 경, 프랑스 전령과 함께 등장

루시 전령, 나를 황태자의 막사로 인도하시오
누가 오늘의 영광을 획득했는지 알고 싶소.

샤를 어떤 항복의 조건을 가지고 왔는가? 165

루시 항복이요, 도핀? 그건 온전히 프랑스 말입니다.
우리 잉글랜드 전사들은 그 말의 뜻을 모릅니다.
제가 온 것은 누구를 포로로 잡으셨는지 알고
전사자들의 시신을 살피기 위해서입니다.

샤를 포로에 대해 묻는가? 우리 감옥은 지옥이다. 170
하지만 그대 누구를 찾는지 말해 보라.

루시 전장의 위대한 헤라클레스는 어디 계십니까? —
용감한 탈봇 경, 슈르즈버리 백작,
자신의 희귀한 무공으로 서작을 받으신
워시포드, 워터포드, 그리고 발렌스의 위대한 백작, 175
굿리치와 어친필드의 탈봇 경,
블랙미어이 스트레인지 경, 알튼의 버든 경,
윙필드의 크롬웰 경, 셰필드의 퍼니벌 경,
세 번 승리한 팰컨브리지 경,
성 조지의 고결한 기사단 일원, 180

성 미카엘 및 황금양모 기사단에 준하는,

프랑스 영역 내 온갖 전투에서

헨리 6세의 위대한 총사령관이신 그분 말이오.

잔   참으로 위풍당당한 칭호의 나열이구만.

왕국이 스물다섯 개나 되는 터키의 술탄도

이토록 지루하게 칭호를 나열해 대지는 않소.

당신이 이 모든 칭호로 과대포장 한 그자는

우리 발밑에서 악취를 풍기며 파리들이 알을 까고 있소.

루시   프랑스인을 징벌한 유일한 채찍인 탈봇이 살해당했다고,

너희 왕국의 공포이자 검은 복수의 여신인 네메시스가?[19]

오, 내 두 눈알을 총알로 바꿀 수 있다면,

내가 분노에 차서 너희 얼굴에 쏴 댈 수 있을 텐데!

오, 내가 이 죽은 이들을 살려 낼 수만 있다면! ─

그것만으로도 충분히 프랑스 온 영역을 겁줄 수 있을 터인데.

그분의 초상화가 너희 중에 남아 있다면

너희 중 가장 오만한 자도 공포에 떨게 할 수 있을 터인데.

내게 그분들 시신을 주시오, 내가 그분들을 여기서 모셔가

가치에 걸맞도록 묻어 주리라.

잔   이 시건방진 자는 늙은 탈봇의 유령 같소,

말투가 이리 당당하고 위압적이니.

시신을 가져가게 하시오. 저들을 여기 둬봐야

185

190

195

200

---

19. 네메시스는 율법의 여신으로, 인간의 우쭐대는 행위에 대한 신의 보복을 의인화한
것이다.

공중에 부패의 악취만 풍길 뿐이오.

샤를 시신을 가지고 가거라.

루시 두 분을 여기서 모셔 가겠지만,

그들 재에서 불사조가 자라나, ²⁰⁵

프랑스 전역을 두려움에 떨게 할 것입니다.

샤를 시체를 가지고 가라 했으니 시신을 갖고 하고 싶은 대로 하라지.

[루시와 전령이 시신들을 나르며 퇴장]

정복자 정신으로 우리는 이제 파리로 갑시다.

피비린 탈봇이 죽었으니, 모두 우리 뜻대로 될 것이오.

모두 퇴장

5막

1장

궁정, 런던

등장 나팔 신호. 헨리 왕, 글로스터 및
엑스터 공작과 다른 이들 등장

헨리 왕 경들은 교황, 황제와, 아르마냑 백작이
보내온 편지들을 살펴보시었소?

글로스터 예, 폐하, 그분들의 뜻은 이렇습니다.
그들은 잉글랜드와 프랑스 왕국 간의
5   하느님의 평화를 체결해 주십사
겸허하게 청하고 있습니다.

헨리 왕 섭정께서는 그들의 제안을 어떻게 생각하십니까?

글로스터 폐하, 지당한 말씀이고, 우리 기독교인들의 유혈을 멈추고
양쪽의 평온을 확립할 수 있는
10   유일한 수단으로 생각됩니다.

헨리 왕 맞습니다, 숙부, 저는 늘
같은 신앙을 믿는 사람들 사이에
이와 같은 야만적이고 피비린내 나는 분쟁이 일어나는 것은
불경스럽고 자연에 반하는 일이라고 생각했습니다.

15 **글로스터** 폐하, 그 밖에 이 우호의 매듭을
보다 빨리 공고하게 맺기 위해

샤를 황태자의 근친이며

프랑스의 굉장한 권력자인 아르마냑 백작께서

자신의 외동딸을 막대하고 풍부한 지참금과 함께

폐하께 드리겠다고 합니다.   20

헨리 왕 결혼이요, 숙부? 아, 난 나이가 어리고,

사랑하는 여인과 즐기기보다는

내 서재와 책들이 더 맞지요,

그렇지만 대사들을 부르시오. 숙부가 좋다고 하시니,

그들이 모두 답을 얻고 가도록 하시오.   25

하느님의 영광과 우리 조국의 안녕에 도움이 된다면

어떤 선택이든 나는 만족할 것이오.

윈체스터 주교 [이제는 추기경 복장의],
그리고 세 명의 대사 [그 중 한 명은 교황 특사]와 함께 등장

엑스터 뭐야, 윈체스터 경이 추기경 직에

임명을 받았다고?

그럼, 언젠가 헨리 5세가 예언하신 말씀이,   30

진실로 입증이 되겠구나.

'윈체스터가 추기경이 되면

그가 추기경 모자를 왕관과 대등하게 만들리라.'라고 하셨지.

헨리 왕 대사들, 그대들의 몇 가지 청원을

심사숙고하여 토론해 보았소.   35

그대들의 취지는 옳고 합당하여,

짐은 우호적인 평화 조건의 초안을

작성하기로 확실히 결정했소.

그리고 준비되는 대로 윈체스터 경을 통해

40   즉시 프랑스로 보낼 것이오.

글로스터 [대사들에게] 경의 주인이신 아르마냑 백작의 제안은,

내가 폐하께 상세히 말씀드렸던 바,

그 따님의 고결한 재능과 아름다움,

그리고 거액의 지참금에 만족하시며

45   그분을 잉글랜드의 왕비로 맞아들일 뜻을 내비치셨소.

헨리 왕 그 계약의 증거이자 보증으로 이 보석을

내 애정의 징표로, 공주에게 전해 주시오.

[글로스터에게] 자, 숙부, 이분들을 모시고

안전하게 도버까지 배웅해 주시오, 거기서 배에 태운 후,

50   바다의 행운을 빌어 주시고요.

윈체스터와 교황 특사만 남고 모두 따로따로 퇴장

윈체스터 교황의 특사, 잠시 기다리시오, 우선 받읍시다.

내게 이렇게 장엄한 추기경 복을 입게 해주셨으니

내가 약속한 액수를

교황께 전해 드리셔야죠.

55 **교황특사** 추기경께서 한가하실 때까지 기다리겠습니다.

윈체스터 이제 윈체스터는 물러서지 않을 것이다,

가장 오만한 귀족한테도 꿀리지 않을 것이라 믿는다.

글로스터의 험프리, 잘 알아두어라

출생에서든 권위로든

주교가 너한테 눌리지 않을 것이다. ₆₀

네가 몸을 굽히고 무릎을 꿇게 만들거나,

반란을 일으켜 이 나라를 강탈하든지 둘 중 하나다.

퇴장

2장

앙주 평원, 프랑스

편지를 읽으며 샤를 도핀, 부르고뉴 및 알랑송 공작,
오를레앙의 서자, 앙주 공작 레이니에, 그리고 성처녀 잔 등장

샤를 경들, 이 소식을 들으면, 우리의 처진 마음들도 기운을 얻겠어요.

용감한 파리 시민들이 반란을 일으켜

다시 호전적인 프랑스 쪽으로 돌아선다고 하오.

알랑송 그럼 파리로 진군하시지요, 샤를 폐하,

5   병력을 한가로이 놀게 두시지 말고요.

잔 우리 쪽으로 돌아선다면 그들에게 평화가 깃들기를,

아니면, 그들의 궁전 내에 파멸이 있을 것이다.

정찰병 등장

정찰병 용감하신 장군께 승리를,

그분의 동맹들께 행복을.

10 **샤를** 어떤 소식을 가져왔느냐? 어서 말하라.

정찰병 두 패로 갈렸던 잉글랜드군이

이제 하나로 합쳐서

즉각 공격하려 합니다.

샤를 경들, 전투 경보가 너무 급작스럽소.

	하지만 바로 그들을 요격할 채비를 합시다.	65
버건디	설마 탈봇의 유령이 거기 있는 건 아니겠지.	
	폐하, 그 자는 죽었으니 두려워하실 필요 없사옵니다.	
잔	온갖 비천한 감정들 중에서 가장 저주받을 것은 두려움이지요.	
	폐하, 정복을 명하소서, 승리는 샤를 폐하의 것이니.	
	헨리는 안달 나게 하고 온 세상은 불평하도록 둡시다.	20
샤를	그러면 경들, 진군합시다, 프랑스에게 행운을!	

모두 퇴장

앙주 시 앞, 프랑스

전투 경보, 소규모 전투, 성처녀 잔 등장

잔	섭정 요크가 정복하고, 프랑스인들이 도망친다.	
	마력을 지닌 주문과 부적들아, 이제 도와다오,	
	그리고 내게 충고하는 선택받은 정령들은	
	앞으로 일어날 일의 징표를 보여다오.	25

[천둥소리]

북쪽의 위용 넘치는 군주[20]를 보필하여

도와주는 신속한 앞잡이들아,

모습을 나타내어, 이 일에서 나를 도와다오.

[정령들 등장]

---

20. 사탄인 루시퍼를 상징.

이렇게 빨리 등장한 것은 너희들이 늘 내게

30 충실하다는 증거로구나.

이제, 막강한 지옥에서 선택되어

나를 따르는 정령들아,

프랑스가 승리할 수 있도록 이번 한번만 나를 도와다오.

[그들이 걷고 말은 하지 않는다]

오, 너무 오랜 침묵으로 나를 붙잡지 말아다오,

35 그동안 나의 피를 먹였지만

나은 혜택의 증표로

사지 하나라도 잘라내 주겠으니

은혜를 베풀어 지금 날 도와다오.

[그들이 머리를 축 늘어뜨린다]

구제할 희망이 전혀 없다고? 내 청을 들어준다면

40 내 몸을 바쳐 보상하겠노라.

[그들이 머리를 흔든다]

내 몸과 피를 희생하고도

너희들이 늘 주던 도움을 간청할 수 없단 말이냐?

그렇다면 내 영혼을 주겠다―내 몸, 영혼, 그리고 모든 것을―

잉글랜드가 프랑스에 패배를 안기기 전에.

[그들이 떠난다]

45 보라, 그들이 날 버리고 가는구나, 이제 때가 온 게군.

프랑스가 그 장식 깃털 드높은 투구를 낮추고

머리를 잉글랜드의 무릎에 떨어뜨릴 날이.

내 오래된 마력은 너무 약하고,

지옥은 너무 강해서 내가 상대할 수가 없구나.

이제, 프랑스여, 너의 영광은 먼지로 떨어지는구나.   50

퇴장

장면 계속

소규모 전투. 부르고뉴와 요크 공작이 백병전을 벌인다.
프랑스인 도주한다. 성처녀 잔 사로잡힌다.

요크 프랑스의 처녀야, 넌 내 손에 꽉 잡혔다.

주문을 외워 악령들을 풀어내어

너를 자유롭게 해달라고 해봐라.

악마의 은총을 받기에 딱 맞는 멋진 전리품이로구나.

이 추악한 마녀가 얼굴도 찌푸리는 꼴을 보아라.   55

키르케[21]를 불러다 내 모습을 바꾸려나 보다.

잔   네 몰골을 바꿔봤자 그 이상 더 흉측하지는 않을 것이다.

요크 오, 샤를 황태자가 미남이지.

그 정도는 되어야 네 까다로운 눈에 들겠구나.

잔   샤를도 너도 역병에나 걸려라.   60

네놈들이 잠자고 있을 때, 피 묻은 손한테

습격을 당할 수도 있다.

---

21. 그리스 신화에 등장하는 마녀. 태양의 신 헬리오스의 딸로 눈이 부실 정도의 외모
를 지녔으며 인간을 동물로 바꾸는 마법을 부리는 마녀로 유명하다.

요크 추하고 저주스러운 마귀야, 마법사, 입 닥쳐라.

잔 부디 더 저주를 퍼붓게 해주기를.

65 **요크** 저주하라, 악마야, 네가 화형대로 갈 때.

모두 퇴장

전투 경보. 서포크 백작이 마가렛 손을 끌며 등장

서포크 당신이 누구인지 모르겠으나, 내 포로란 말이지.

[그가 그녀를 응시한다]

오 이렇게 아름다울 수가, 두려워하거나 달아나지 마시오.

존경의 손으로만 그대를 대할 것이니.

영원한 평화를 위해 이들 손가락에 입을 맞추고

70 그대의 부드러운 허리에 살포시 손을 얹어 놓겠소.

그대는 누구요? 그대에게 경의를 표하고자 하니 말하오.

마가렛 내 이름은 마가렛이고, 나폴리 왕의

딸입니다— 당신이 누구신지는 모르지만.

서포크 나는 백작이오, 서포크라 불리오.

75 노여워 마시오, 자연의 기적이여,

그대는 내게 사로잡힐 운명이었구려.

백조가 갓 태어난 새끼를 보호할 때에도 그러하지,

날개 밑에 포로로 하고 있듯 하지만 지키고 있는 거라오.

하지만 이 노예 취급을 당한다고 언짢으시다면,

80 서포크의 친구로서 마음대로 가시오.

오 멈추시오! [방백] 그녀를 보낼 능력이 내게 없구나.

내 손은 그녀를 놓아주려 하지만, 마음은 아니라고 하는구나.

태양이 거울 같은 냇가에 장난을 치며

비슷한 광선이 번쩍이는 것처럼

이 눈부신 미인이 내 눈에 그렇게 보인다.   85

기꺼이 그녀한테 구애하고 싶지만, 감히 말을 못하겠구나.

펜과 잉크를 가지고 와서, 내 마음을 글로 써 볼까.

이런, 드 라 폴, 못난 짓마라!

너는 혀가 없나? 그녀가 여기 있지 않나?

여자 눈초리에 겁먹다니?   90

그래, 당당하고 위엄 있게 아름다워서

혀가 굳어버리고, 감각이 무뎌질 지경이다.

마가렛 말하세요, 서포크 백작—당신 이름이 그러시다니—

몸값을 얼마나 내야 풀려날 수 있나요?

내가 당신 포로인 것 같으니 말이에요.   95

서포크 [방백] 그녀의 사랑을 떠보기도 전에

너를 거절할 지를 어떻게 알 수가 있지?

마가렛 왜 말씀이 없으신가요? 몸값으로 얼마를 내야 하죠?

서포크 [방백] 그녀는 아름답다, 그러니 구애를 해야지,

그녀는 여자야, 그러니 설득될 수 있어.   100

마가렛 [방백] 몸값을 받으실 건가요, 아닌가요?

서포크 [방백] 어리석은 녀석, 아내가 있다는 걸 기억해야지

그렇다면 어떻게 마가렛을 네 애인으로 만들 것이냐?

마가렛 [방백] 내 말을 들으려고 하지 않으니, 그냥 가버릴걸.

105 **서포크** [방백] 모든 걸 망치겠어, 낭패야.

마가렛 [방백] 횡설수설하는군, 미친 사람인 게 분명해.

서포크 [방백] 하지만 이혼 승낙을 받을 수 있을 지도 몰라.

마가렛 그런데 내 말에 대답을 해 주셨으면 좋겠는데요.

서포크 [방백] 내가 이 숙녀 마가렛을 손에 넣겠어, 누구를 위해?

110 　　　뭐, 왕을 위해서 — 쯧, 나무처럼 아둔한 짓이야.

마가렛 [방백] 나무 얘기를 하네, 목수 같은 건가.

서포크 [방백] 하지만 그렇게 내 사랑의 환상이 만족될지 모르지.

　　　두 나라 사이 평화도 이루어지고 말이야.

　　　하지만 거기에 골칫거리가 있어.

115 　　　그녀 아버지가 나폴리의 왕이면,

　　　앙주와 마인의 공작이라지만, 그는 가난하거든,

　　　그러면 우리 귀족들이 이 결혼을 비웃을 거야.

마가렛 이보세요, 지휘관? 바쁘신가요?

서포크 [방백] 귀족들이 아무리 경멸하더라도, 해 봐야지.

120 　　　헨리는 젊으니까, 바로 들어 주실 거야.

　　　[마가렛에게] 공주님, 은밀히 드릴 말씀이 있습니다.

마가렛 [방백] 포로로 잡혔지만, 저분은 기사 같으니

　　　내를 욕보이지는 않을 거야.

서포크 공주님, 제 말을 들어주십시오.

125 **마가렛** [방백] 아마 프랑스군이 와서 구해줄 지도 몰라,

그러니 내가 이 사람에게 호의를 간청할 필요는 없어.

서포크 아름다운 공주님, 제가 하는 말을 들어 주십시오.

마가렛 [방백] 쭛, 지금까지 많은 여자들이 포로로 잡혔겠다.

서포크 공주님, 왜 그리 혼자 말을 하시는 거죠?

마가렛 잘못했어요, 그냥 온 말에 가는 말이에요.   130

서포크 말해 주시오, 상냥하신 공주님, 왕비가 되신다면
　　　　 포로가 되신 걸 행복한 일이라고 생각하지 않겠어요?

마가렛 포로가 된 상태로 왕비가 되는 건
　　　　 비천하고 비굴한 상태의 노예가 되는 것보다 더 기분 나쁜 일이에요.
　　　　 왕족은 자유로워야 하니까.

서포크　　　　　　　　　　　　공주님도 자유로울 것입니다,   135
　　　　 행복한 잉글랜드의 국왕이 자유로우시면.

마가렛 아니, 그분의 자유가 저와 무슨 상관인가요?

서포크 제가 공주님을 헨리 왕의 왕비로 모시는 일을 떠맡아,
　　　　 황금 왕홀을 공주님의 손에 쥐어 드리고,
　　　　 귀중한 왕비 관을 머리에 씌워 드리겠습니다.   140
　　　　 공주님이 기꺼이 되어 주신다면, 나의 −

마가렛　　　　　　　　　　　　　　　　무엇을요?

서포크 헨리 왕의 사랑을 받아들이신다면.

마가렛 난 헨리 왕의 아내가 될 자격이 없어요.

서포크 아닙니다, 공주님, 나야말로 이토록 아름다운 분께
　　　　 폐하의 아내가 되어 달라고 구애할 자격이 없습니다.   145
　　　　 그리고 왕비를 간택할 권리도 없고. −

어떻습니까, 공주님 그렇게 하시겠습니까?

마가렛 아버님께서 괜찮다 하시면, 받아들이겠습니다.

서포크 그러면 우리 지휘관들과 기수들을 소집하겠습니다.

[지휘관들, 기수들, 그리고 나팔수들 등장]

150   공주님, 부친의 성벽에서

우리가 나팔을 울려 아버님과 회담을 하겠습니다.

[회담 요청 나팔 소리. 양주 공작 레니에가 성벽 위에 등장]

보시오, 레니에, 당신의 딸은 포로요.

레니에 누구에게?

서포크   나에게요.

레니에   서포크 공, 어찌 하면 되겠소?

난 군인이라, 울거나 운명의 여신의 변덕을

155   불평하기에는 어울리지 않소.

서포크 그렇소, 공작, 구제할 길은 충분합니다.

그대의 딸이 영국 국왕과 결혼하는 것에,

동의하시오, 그리고 그대의 명예를 걸고 찬성하시오.

제가 힘들게 따님에게 간청하고 설득하여 승낙을 얻었습니다.

160   이리 편한 감금 때문에

따님은 영국 왕비로서 자유를 얻었습니다.

레니에 서포크 공, 그게 진심이시오?

서포크   아름다운 마가렛이

서포크가 아첨하거나 속이거나 꾸미지 않는 것을 알고 있습니다.

레니에 그대가 군주답게 보장하니 내 내려가

그대의 정당한 요구에 대한 답을 드리겠소.   165
서포크 그러면 여기서 공작님이 오시는 걸 기다리겠습니다.

위에서 레이니에 퇴장
나팔 소리. 레이니에 등장

레이니에 용감한 백작, 우리 영토에 잘 오셨소.
양주에서 백작이 원하는 대로 지휘권을 행사하시오.
서포크 감사합니다. 레이니어, 왕의 배필이 되기에 충분하신
아름다운 따님을 두셔서 행복하시겠습니다.   170
제 소청에 대한 공작은 어떻게 답변하시겠습니까?
레이니에 보잘것없는 내 딸에게 간청하여
위대하신 군왕의 배필로 삼아 주시겠다니,
내 영지인 마인과 양주를,
평온하게 다스리고   175
압제나 전쟁의 타격을 받지 않는 조건으로,
그분이 좋다면 내 딸을 헨리 왕에게 주겠소.
서포크 그 말씀을 공주의 몸값으로 하고, 제가 공주님을 인도하겠습니다.
그리고 두 영지는 제가 책임지고
공작께서 평온하게 잘 누리시도록 하겠습니다.   180
레이니에 그럼, 나는 국왕 헨리의 이름으로,
그 자애로우신 왕의 대리인이신 공에게,
결혼 서약의 증표로. 내 딸의 손을 주겠소.
서포크 프랑스의 레이니에 공, 왕을 대신해 감사를 드립니다.

이것은 왕의 일이므로,

[방백] 이게 왕의 일이 아닌 나의 일로

내가 변호한다면 얼마나 기쁠까.

나는 이 소식을 가지고 잉글랜드로 넘어가,

이 결혼 예식을 엄숙히 치를 준비를 하겠습니다.

190   레이니에, 안녕히 계십시오, 이 다이아몬드를 안전하게

황금 궁전에 두십시오, 그곳이 걸맞으니.

레이니에 기독교 군주 헨리 왕이 여기 계시면 내가 그분을 안았을 것이기에

당신을 안겠습니다.

마가렛 잘 가세요, 백작님. 마가렛은 호의와 예찬과, 기도를

195   항상 서포크 백작님께 바칠 것입니다.

그녀가 가고 있다.

서포크 잘 계시오, 아름다운 공주, 헌데 잠깐, 마가렛 —

왕비로서 헨리 왕에게 전할 인사는 없습니까?

마가렛 처녀로서 그분의 종으로서 어울리는 처녀와, 그분의 하녀에 어울리는

인사를 그분께 전해 주십시오.

200 **서포크** 상냥하고 겸손함을 나타내는 말씀이시구려.

[그녀가 가고 있다]

하지만 공주님, 다시 한 번 묻고 싶습니다 —

폐하께 전해 드릴 사랑의 징표는 없으신가요?

마가렛 있습니다, 백작님. 아직 사랑으로 얼룩진 적 없는

순수하고 흠결 없는 마음을 왕께 보내드립니다.

서포크 그리고 이것도요.   205

그가 그녀에게 입을 맞춘다.

마가렛 그건 백작님을 위해 드리죠, 제가 그런
하찮은 징표를 국왕께 보내드릴 수는 없습니다.

레이니에와 마가렛 퇴장

서포크 [방백] 오, 그대가 내 것이라면! ─ 그러나 서포크, 그만둬라.
네가 그 미궁 속을 헤매면 안 되지.
거기에는 미노타우로스와 추악한 반역이 도사리고 있다.   210
저 여자를 예찬하여 헨리를 꼬드기는 거야.
저 여자의 탁월한 미덕과 기술을 넘어서는,
엄청난 자연의 우아함을 가슴에 새겨두자.
이런 생각을 바다에서 몇 번이고 떠올려야지.
그래야 헨리의 발 앞에 무릎 꿇을 때   215
놀라움으로 왕이 얼이 빠지게 할 수 있으니.

모두 퇴장

3장

요크 공작 군영

요크 공작 리처드, 워릭 백작, 그리고 양치기 등장

요크 화형 선고 받은 그 마녀를 데려오라.

호위 감시를 받으며 성처녀 잔 등장

양치기 아, 잔, 이 일로 이 애비 심장이 터질 것만 같구나.
온 지역을 샅샅이 뒤지다가,
이제야 겨우 너를 찾아냈는데

5 때 이른 너의 잔인한 죽음을 내가 봐야 한단 말이냐?
아, 잔, 상냥한 내 딸 잔, 나도 너와 함께 죽으련다.

잔 형편없는 늙은이, 비천하고 무식한 놈,
난 더 고귀한 혈통의 자손이야.
네 놈은 내 아비도 아니고 친척도 아니란 말이다.

10 **양치기** 그게 무슨 소리! ─ 나리들, 괜찮으시다면, 그게 아닙니다.
제가 정말 저 애를 낳았어요, 교구 전체가 알고 있죠.
저 애 어미가 아직 살아 있으니, 저 애가
내 총각 때 첫 결실이라는 것을 증언할 수 있습니다.

워릭 볼품없는 년 같으니라고, 네 부모도 부인할 테냐?

요크   저것이 살아온 삶이 어땠는지 이제 알겠군 —   15
          사악하고 야비하다, 그러니 그녀의 죽음은 마땅하다.

양치기 그러지 마라, 잔, 왜 이리 억지를 부리느냐.
          네가 내 살의 한 조각이라는 것을 하느님이 아신다.
          너 때문에 내가 많은 눈물 흘렸단다.
          나를 부인하지 마라, 제발, 착한 잔.   20

잔   촌뜨기, 꺼져라! [요크에게] 당신들이 이자를 매수해서
          고의로 내 귀족 출생을 덮어버릴 속셈이야.

양치기 귀족 금화 한 닢을 신부님께 주기는 했죠.
          내가 저 애 엄마와 결혼한 날 아침에요.
          착한 딸아, 무릎 꿇고, 내 축복을 받아라.   25
          꿇지 않겠다고? 그렇담 네가 태어난 때를
          저주받으라. 네가 어미 젖꼭지를 빨 때
          네 어미가 준 그 젖이
          쥐약이었더라면 네게 더 좋았을 걸 그랬다.
          그게 아니면, 네가 내 양들을 들판에서 보살필 때   30
          굶주린 늑대가 너를 잡아먹었더라면 좋았을 것을.
          네 애비를 부인하느냐, 고약한 화냥년아?
          교수형도 너무 선처이니, 태우시오 이년을, 태우시오 이년을 [퇴장]

요크   저 계집을 끌어내라, 세상을 사악한 기질로 채우면서
          너무 오래 살았다.   35

잔   너희가 누구한테 화형 선고를 내린 건지 내가 한 마디 하겠다.
          난 양치기 시골 청년한테서 태어난 것이 아니라

왕가의 자손으로 태어났다.

미덕 있고 거룩하여, 천상의 은총의 영감을 받아

⁴⁰ 지상에서 놀라운 기적을 이루도록

하늘에서 선택된 인간이다.

악령과는 전혀 관계가 없다.

그러나 욕정으로 물들어 있고

죄 없는 사람들의 순결한 피로 얼룩져 있으며

⁴⁵ 천 가지 악덕으로 부패하고 타락한 너희들은,

다른 이가 지닌 신의 은총이 없으므로

악마의 도움 없이 기적을 이루는 일이

불가능하다고 바로 판단해 버리지.

그렇지 않다. 오해받았지만, 잔 다르크는 줄곧

⁵⁰ 유약한 유아시절부터 처녀였니라.

생각 자체가 순결하고 흠 없는 처녀였다.

이러한 처녀의 피를 무참하게 흘리게 한다면,

천국의 대문에서 복수를 원하며 울부짖을 것이다.

요크 그래, 그래. 이 여자를 끌고 가 처형하라.

⁵⁵ **워릭** [호위들에게] 그리고 잠깐, 자네들. 저 여자가 처녀라 해서

장작을 아끼지 마라. 충분히 쌓아 놓아라.

그 치명적인 화형 기둥 위에 기름을 듬뿍 부어,

그만큼 저 여자의 고통을 줄여주는 거다.

잔 당신들의 무자비한 마음을 무엇과도 바꿀 수 없는가?

⁶⁰ 그렇담, 잔, 약점을 드러낼 수밖에.

법이 그것을 너의 특권으로 보장해 주니까.

나는 애를 가졌다, 너희 잔인한 살인자들도

나를 난폭한 죽음으로 질질 끌고 갈지라도

내 자궁 속 열매를 죽일 수는 없을 것이다.

요크 저런 하느님 맙소사―성처녀가 아이를 뱄다고?   65

워릭 네가 만들어난 낸 가장 위대한 기적이로구나.

그렇게 엄격히도 가치 있는 척 하더니 결과가 겨우 이거냐?

요크 그동안 샤를과 몸을 섞었던 거지요.

난 저 년이 피하는 구실이 무엇일지 짐작했었소.

워릭 그래, 시행하자. 사생아를 살려둘 수는 없다.   70

특히 샤를이 아버지인 놈은 말할 것도 없지.

잔 잘못 알았구나. 내 아이는 샤를의 아이가 아니다.

내 사랑을 받은 사람은 알랑송이었다.

요크 알랑송, 그 악명 높은 마키아벨리 말이냐?

그자의 아이라면, 목숨이 천 개라도 죽여야겠다.   75

잔 오 내게 말미를, 내가 너희들을 속였다.

샤를도, 알랑송도 아닌

내가 부추긴 건 바로 나폴리의 왕 레이니에다.

워릭 유부남이라고?, 그거 정말 참을 수 없다.

요크 이런, 대단한 계집일세! 그녀가 잘 모르는 것 같소―   80

너무 많거든―누굴 탓해야 할지 말이오.

워릭 그녀가 음란하고 방탕했다는 증표겠지요.

요크 그런데도 진정 그녀가 순결한 처녀라고.

창녀야, 네 자백으로 네 새끼와 너에게 선고를 내렸다.

85   어떤 간청도 하지 마라, 소용없으니.

잔   그럼 날 끌고 가라. 저주를 내려주마.

너희가 주거지를 만든 나라에는

영광스러운 햇빛이 절대로 비치지 않을 것이다.

어두움과 죽음의 우울한 그림자만이

90   너희를 둘러싸고 급기야 불운과 절망으로

너희들은 스스로 목을 부러뜨리거나 목매죽고 말 것이다.

윈체스터 주교이자 추기경 등장

요크   산산이 부서지고, 불에 타 재가 되어라.

추잡하고 저주받을 지옥의 사자야.

잔, 호위 감시를 받으며 퇴장

윈체스터   섭정 공, 국왕께서 보내신

95   위임장을 가지고 공께 인사드리오.

경들도 알다시피, 기독교의 국가들이,

이 난폭한 분쟁을 비통하게 여겨

우리나라와 저 야심에 찬 프랑스 사이에 진심으로 간청했다는 것

입니다.

전반적인 평화를 맺도록 청해왔으며

100   프랑스 황태자와 그 일행이

몇 가지 문제를 의논하기 위해 가까운 곳에 와 있소.

요크   우리의 온갖 노고가 이렇게 끝난단 말이오?

너무나 많은 귀족들이 학살되고

지휘관, 신사, 그리고 병사들이

이 전쟁에서 전사하고   105

조국의 이익을 위해 그들이 몸을 바쳤는데,

결국 우리가 이렇게 나약한 평화를 맺는단 말이오?

반역으로, 거짓으로, 또 배신으로 인해

우리의 위대한 조상들이 정복했던

모든 도시들 대부분을 잃어버리는 것이 아닌가요?   110

오 워릭, 워릭, 슬프게도 프랑스 전 영토를

완전히 잃어버리는 것이 눈에 선하오.

워릭   진정하시오, 요크. 우리가 평화를 맺는다면

프랑스인들이 이익을 보지 못하도록

엄격하고 가혹한 조약을 체결하면 될 것입니다.   115

샤를 황태자, 알랑송 공작, 오를레앙의 서자,
그리고 앙주 공작 레니에 등장

샤를   잉글랜드 경들, 프랑스에서 평화스러운 휴전을

선언하기로 합의를 하여

그 조약 조건이 무엇인지

알고자 짐이 직접 왔소.

요크   말하시오, 윈체스터,   120

악랄한 적들을 보기만 해도 분노가 들끓어

독이 든 목소리가 나오는 내 텅 빈 통로를 질식시키는구려.

윈체스터 샤를 폐하, 그리고 경들, 이렇게 정하였습니다.

즉 헨리 왕께서 동의해 주신 것은

125 순수한 동정심과 너그러움으로,

귀하 나라에서 고통스런 전쟁을 면해 주고,

풍요로운 평화 속에서 숨 쉴 수 있도록 허락하는 것으로

여러분은 헨리 왕의 충실한 신하가 되셔야 합니다.

그리고 샤를 폐하, 헨리 왕께 조공을 바치며

130 신하로서 복종한다고 맹세한다면

헨리 왕 다음의 부왕으로 임명되고,

여전히 왕으로서 폐하의 권위를 누리게 될 것이오.

알랑송 그럼 샤를 왕이 자신의 그림자가 되라는 건가—

관자놀이에 왕관을 장식하고 있지만,

135 실질적으로나 권위에 있어서는

평민이 갖는 특권만 유지할 뿐이다?

이 제안은 터무니없고 불합리하오.

샤를 이미 알려진 대로 나는

프랑스 영토의 반 이상을 차지했고,

140 그곳에서 정당한 왕으로서 경의를 받고 있소.

그런 내가, 나머지 정복되지 않은 영토를 얻자고,

국왕의 특권에서 한참을 물러나

고작 전체의 부왕으로 불려야겠는가?

아니오, 특사, 그 이상을 탐내다가
모든 가능성을 놓치기보다는   145
차라리 내가 가진 것을 지키겠소.

요크   오만한 샤를, 그대가 은밀한 수단으로
중재를 이용해 동맹을 얻어 놓고서는
이제 와서, 사안이 타협점에 이르니,
비교하며 거만한 자세를 취하는 건가?   150
우리 국왕께서 아무 정당한 권리도 없는
당신에게 은혜로서 하사하는
그대가 멋대로 사칭한 칭호를 받아들이던지,
아니면 전쟁을 계속하여 화를 입게 될 것이다.

레이니에   폐하, 이 조약에 관하여 완고하게   155
트집을 잡으시는 것은 상책이 아닙니다.
이번 기회를 놓치시면, 십중팔구
다시는 이와 같은 기회를 얻지 못하게 됩니다.

알랑송 사실, 폐하의 방침은
백성들을 대량학살로부터 구제하는 것이지요.   160
종전처럼 적의를 가지고 대하시면
매일 보시는 것처럼 백성들이 무참한 대량학살을 당하게 될
뿐입니다.
그러니 폐하 마음대로 깨실 때 깨시더라도
이 휴전 계약을 받아들이세요,

워릭   어떻게 답하시겠소, 샤를? 우리 조건대로 하겠소?   165

샤를   그렇게 하겠소.

다만 우리 군이 주둔하고 있는

그대들이 관여하지 않고 우리에게 맡긴다면.

요크   그럼 헨리 왕께 충성을 맹세하시오.

기사로서 잉글랜드의 왕관에

불복하거나 반역하지 않겠다는 맹세를요.

그대도 그대 귀족들도 맹세를 하시오.

[그들이 맹세한다]

그럼, 이제 편하실 때 그대 군대를 해산시키시오.

이제 우리는 장엄한 평화를 받아드릴 것이니

군기를 거두고 북소리도 멈추게 하세요.

모두 퇴장

4장

궁정, 런던

서포크 백작, 헨리 왕과 글로스터 및
엑스터 백작과 얘기를 나누며 등장

헨리 왕 고결한 백작, 아름다운 마가렛에 대한

그대의 놀랍고도 진기한 묘사를 들으니 넋이 나갈 지경이오.

공주의 미덕이 아름다운 외모를 빛내주고 있다고 하니,

내 가슴에 변함없는 사랑의 열정을 길러내고,

마치 폭풍우 일진의 바람이   5

가장 강력한 선박도 조류를 헤치고 밀고 나가는 것처럼,

나도 공주의 명성의 숨결에 밀려

난파당하든지 아니면 도착하여

공주의 사랑의 열매를 얻는 것 같소.

서포크 저런, 폐하, 이 피상적인 얘기는   10

공주의 진가를 예찬하는 서문에 불과합니다.

저 사랑스러운 공주의 완벽함을

말로 표현할 충분한 기술이 제게 있다면,

아무리 둔한 상상력이라도 황홀하게 만드는

매혹적인 시집 한 권은 만들 수 있습니다.   15

게다가 공주는 지나치게 신성한 내식을 하지 않고

온갖 기쁨의 선택으로 충만하지도 않으며

겸손하고 낮은 마음으로

폐하의 명령에 즐겁게 따르시는 겁니다―

20   명령이란, 즉 미덕 있고 정숙한 마음으로

헨리 폐하를 부군으로서 사랑하고 받들라는 명을 뜻합니다.

헨리 왕 내가 달리 추정할 것도 없소.

그러니, 섭정 공, 마가렛 공주를

잉글랜드 왕비로 삼을 것을 동의해 주시오.

25   **글로스터** 동의한다면 죄악에 아첨하는 일입니다.

아시잖아요, 폐하, 폐하께선 이미

귀한 신분의 다른 숙녀와 약혼하셨어요.

어찌 제가 그 계약을 없는 걸로 하고도

폐하의 명예를 비난으로 손상시키지 않을 수 있겠습니까?

30   **서포크** 부당한 맹세를 한 군주의 경우와 같겠죠,

아니면, 어떤 자가, 마상시합에서 자신의 힘을

겨뤄 보겠다는 선서를 했으나, 상대방이 어울리지 않는다는 이유로

경기장을 떠나는 경우와도 같지요.

가난한 백작의 딸은 왕비로서 어울리지 않는 상대입니다.

35   그러니 파약을 하셔도 잘못이 아닙니다.

글로스터 도대체 어떤 점이 마가렛 공주가 낫다는 거요?

명예직으로야 그 부친이 더 낫다고 하겠으나

백작보다 더 나을 것이 없잖소.

서포크 낫죠, 섭정 공, 공주의 부친은 왕입니다.

나폴리와 예루살렘의 왕이지요. 40

그리고 프랑스 내에서 권위가 아주 대단해서

그분과의 동맹이 양국의 평화를 공고히 하며

프랑스인들의 충성을 유지할 수 있습니다.

글로스터 그런 거라면 아르마냑 백작이라고 못할까.

그가 샤를의 가까운 친척인데요. 45

엑스터 게다가, 그의 재산은 정말 많은 결혼 지참금을 보장하지.

레이니에는 주기보다는 받아야 할 걸.

서포크 지참금이라니요, 경들? 폐하께서 너무나

비굴하고, 천하고, 가난해서 완벽한 사랑이 아닌,

재산을 보고 선택한다는 식으로 폐하를 모욕하지 마세요. 50

폐하께서는 왕비를 부유하게 하는 부신이시지

자신이 부자가 되기 위해 왕비를 구하시는 분이 아니십니다.

비천한 농사꾼들은 장터 사람들이 황소, 양 혹은 말을 흥정하듯이,

그렇게 자기들 아내를 흥정하겠지요,

결혼은 더 가치가 있는 일이에요. 55

대리인을 통해 거래할 게 아닙니다.

우리가 바라는 분이 아니라 폐하께서 원하시는 분이

혼례의 신방을 차지하는 동반자이셔야 합니다.

그러므로 경들, 폐하께서 마가렛 공주를 가장 원하시는

점이 우선적으로 고려되어야 하겠습니다, 60

우리 의견은 마가렛 공주를 추천하는 것이 마땅합니다.

강제 결혼은 지옥이고

불화와 끊임없는 싸움의 시기가 아니겠어요?

반면에 그 반대는 축복을 가져다주고,

천상의 평화의 표본이라 할 수 있지요.

헨리 왕의 배우자는 왕의 따님이신

마가렛 공주 외에 누가 또 있겠습니까?

그녀의 견줄 데 없는 용모는 그녀 신분과 더불어

왕이 아니신 분에게는 절대로 어울리지 않습니다.

공주의 과감한 용기와 의연한 정신은,

(보통의 여성에게서는 찾아볼 수 없어서)

왕의 후손을 생산하시어 우리의 희망에

부응할 것입니다. 정복자의 아들이신 헨리 왕께서는

아름다운 마가렛처럼 결단력 있는

여인과 사랑으로 맺어진다면

더 많은 정복자를 낳을 확률이 높아요.

그러니 경들, 그만하시고, 이제 저와 같이

마가렛이 우리 왕비고, 그녀 말고는 누구도 왕비가 될 수 없음을

결론지읍시다.

헨리 왕 서포크 경, 그대가 들려준 내용에

휘둘려 그런지, 아니면,

아직 어린 내가 불타는 사랑의 열정에

사로잡혀 본 적이 없어서 그런지

모르겠지만, 이건 분명하오.

내 가슴에 느껴지는 불화가 어찌나 날카롭고,

희망과 두려움 양쪽의 불안이 얼마나 격심한지. ₈₅
생각만으로도 가슴이 답답합니다.
그러니 경은 바로 배를 타고 프랑스로 가서,
어떤 조항이든 승낙하고,
마가렛 공주가 바다를 건너 잉글랜드로 와서
헨리 왕의 충실하고 성유를 바른 왕비로 등극하겠다고 ₉₀
확실히 약속하도록 주선하시오.
그대의 비용과 충분한 경비를 마련하기 위해
백성들한테서 십 분의 1의 세를 징수하시오.
어서 가시오, 내가 명하노니 그대가 돌아올 때까지
나의 마음은 천 가지 근심에 싸여 괴로울 테지. ₉₅
[글로스터에게] 숙부님께서는 온갖 적의를 털어 버리시고,
지금의 생각이 아니라
옛날의 마음으로 저를 판단하신다면,
제 뜻을 이렇게 급하게 이루려고 하는 것이 용서가 되실 겁니다.
자 이제 사람들로부터 떨어져 ₁₀₀
내 괴로움을 곰곰이 생각해 수 있는 곳으로 나를 안내하라.

엑스터와 함께 퇴장

글로스터 맞소, 괴로움이지, 걱정스럽게도, 처음부터 끝까지. [퇴장]
서포크 이렇게 서포크가 이겼노라, 그리고 이렇게 가는 거다.
청춘의 파리스가 그리스로 가는 것처럼
사랑의 결과를 찾을 희망에 부풀어서 말이지. ₁₀₅

하지만 일은 그 트로이의 왕자보다 내가 보다 더 잘 될 것이야.

마가렛은 이제 왕비가 되어 왕을 지배하겠지.

그러나 나는 그녀의 왕, 그리고 왕국 모두를 지배하리라.

퇴장

작품설명

　총 3부로 구성된『헨리 6세』3부작 텍스트는 1623년 2절판(Folio)에 1, 2, 3부 세 작품 모두 수록되어 지금의 텍스트로 존재한다. 4절판 (Quarto)에『헨리 6세』1부는 실리지 않고, 2부는 2절판(Folio)판에 실린 내용과 많이 달라『헨리 6세』가 셰익스피어의 작품이 아닌 다른 작품이거나 다른 작가와 셰익스피어의 합작품이라는 등 다양한 설들이 제기되었다.『헨리 6세』3부작 각 세 작품에 대한 집필 순서에 대해서도 여러 설들이 제기되는데 창작년도대로 1, 2, 3부를 순서대로 집필했다는 설도 있고, 2, 3부를 먼저 쓰고 1부를 마지막으로 집필했다는 설도 있다. 하지만 3부작 가운데 2부가『요크와 랑카스터 두 명문가의 대결 1부』(*The First Part of the Contention between the two famous Houses of York and Lancaster*, 1594), 3부가『요크공작 리처드의 진정한 비극』(*The True Tragedy of Richard Duke of York*, 1595)이라는 제목으로 1부보다 약 30년 전 먼저 출판된 것으로 2, 3부를 먼저 쓴 것이 정설이라 할 수도 있다.

『헨리 6세 2부』의 주요 원전은 에드워드 홀(Edward Hall)의 『요크와 랑카스터 두 명문 귀족 가문의 통합사』(*The Union of the Two Nobles and Illustrious Families of York and Lancaster*, 1584)이고, 라파엘 홀린셰드(Raphael Holinshed)의 『영국, 스코틀랜드, 아일랜드의 연대기』(*The Chronicles of England, Scotland, and Ireland*, 1577)이다. 셰익스피어는 『헨리 6세』를 통해 요크가와 랑카스터 두 가문의 왕위를 둘러싼 장미전쟁이 시작되는 시점에 주목하고 있다.

　『헨리 6세 1부』는 영국 역사상 위대한 왕으로 칭송을 받던 헨리 5세(Henry V)의 장례식 장면으로 시작된다. 장례식이 거행되는 동안 글로스터 공작 험프리와 윈체스터 주교 헨리 보포는 서로 논쟁을 벌인다. 이때 세 명의 사자가 등장해 잉글랜드의 프랑스에서의 패전 소식과 프랑스가 황태자 샤를 7세를 왕으로 받들어 잉글랜드에 대항하는 반역을 일으켰다는 소식과 영국의 뛰어난 장수 탈봇이 사로잡혔다는 소식을 전한다. 샤를 7세와 알랑송, 레이니에는 최근 일어난 프랑스의 승리에 들떠 잉글랜드를 조롱하고 오를레앙의 서자가 등장하여 잔 라 쀠셀르라는 여자가 하늘의 계시를 받아 프랑스군을 도우러 왔다고 소개한다. 잔이 등장하여 샤를에게 일대일 승부를 제안하고 샤를은 이를 받아들여 싸우는데 결국 잔에게 굴복하고 만다. 이후 탈봇과 잔은 맞붙지만 잔은 탈봇이 죽을 때가 아직 아니라며 승리한 프랑스군과 함께 도시로 들어가고 탈봇은 패배를 인정한다. 한편 리처드 플란타저넷은 소머셋 공작과 심하게 다툰 후 리처드는 정원에서 흰 장미를 꺾어 자신을 지지하는 사람들을 모으고 소머셋은 붉은 장미를 꺾어 자신의 상징으로 삼는다. 이로써 랑카스터와 요크 가문 사이 본격적인 장미전쟁의 시작을 알린다. 워릭 백작은 리처드를 지지하고 서포크는 소머셋을 지지한다. 리처드는 런던탑에서 죄수로 죽어 가는 친족 모티머를 만나 아버지의 죽음에 대해 묻고 모티머는 랑카스터 가문의 헨리 4세가 리처드 2세의 왕권을 찬탈한 이야기를 들려준다. 요크 가문의 후손인 모티머는 합법적인 왕권의 후계자였지만 평생 감옥에서 지내야만 했기에 그는 리처드에게 그의 계승자라고 말하고 숨을 거둔다. 헨리 6세는 윈체스터와 글로스터가 지지자들과 심하게 다투는 것을 보고 평화를 간청하고 리처드 플란타저넷을 요크 공작으로 복위시킨다.

잔은 루앙시를 빼앗고 탈봇과 버건디는 도시를 즉시 되찾겠다고 맹세한다. 죽어가는 베드포드는 싸움터를 떠나려하지 않고 프랑스군은 패배한다. 하지만 프랑스 장군들을 버건디 공작을 불러 영국군을 배신하도록 설득한다. 결국 헨리는 버건디의 변심을 알게 되고 탈봇은 버건디에 대적하라는 왕의 명령을 받고 떠난다. 탈봇은 보르도 성벽 앞에 나타나 도시의 항복을 요구하지만 성벽 위에 나타난 프랑스 장수는 항복을 거부하며 프랑스 황태자가 이끄는 프랑스군이 다가오고 있음을 경고한다. 탈봇은 7년 만에 만난 아들 존과 함께 전투에 참여한다. 잉글랜드 군을 이끌며 용감하게 싸워 수차례 승리를 거둔 탈봇은 결국 숨을 거둔다. 프랑스 장수들은 파리가 영국군에 대항하여 일어섰다는 소식에 기뻐하지만, 잉글랜드군이 다시 힘을 합해 진격하고 있다는 소식에 당황한다. 잔은 악령들을 불러내 마술을 해하지만 악마들이 그녀를 돕는 것을 거부하고 요크는 잔을 사로잡는다. 잔은 결국 사형선고를 받는다. 서포크는 레이니에의 딸 마가렛을 포로로 삼아 등장하고 그녀를 헨리 왕과 결혼시켜 여왕으로 만들겠다고 제안한다. 강화 조약을 확정짓기 위해 잉글랜드에 도착한 샤를은 자신을 잉글랜드 왕의 신하로 정하는 것을 거부하지만 레이니에와 알랑송이 설득하여 조약에 서명한다. 서포크는 마가렛의 미덕을 칭찬하며 그녀에 대한 설명을 하자 헨리 왕은 그녀를 원하게 되고 글로스터는 이미 약속한 아르마냐 백작의 딸과 혼인을 상기시키며 반대한다. 하지만 왕은 마가렛과의 결혼을 준비하고 마가렛을 이용해 왕국을 자신을 손에 넣으려는 서포크의 독백으로 극이 끝난다.

『헨리 6세』 3부작이 셰익스피어가 습작기에 썼던 작품이어서 다른 작품, 특히 다른 사극작품들에 비해 완성도가 떨어지고 비평가들의 혹평을 받았다. 특히 『헨리 6세 1부』는 작가와 창작시기에 관한 문제로 최근까지 비평적 관심을 끌지 못했다. 협동 작업에 의해 쓰였거나 내용에 있어서 여러 가지 모순과 통일성의 결여로 인해 완전히 셰익스피어의 작품이 아니라는 등 학자들 간에 의견이 상충한다. 창작 시기에 있어서는 상식적으로 3부작이라고 하면 1, 2, 3부 순서대로 저술된 것으로 보이지만 2부와 3부를 1부보다 먼저 썼다고 하는 학자가 존재하는 등 여러 설들이 있다. 하지만 현대 편집자들은 이 작품이 셰익스피어의 단독작품이라고 주장한다. 그들은 작품의 에피소드식 구성, 단순한 인물 설정, 고르지 않은 스타일 등을 예로 들며 셰익스피어의 초기 작품의 특징을 지니며 습작이라고 주장한다. 셰익스피어는 이 작품으로 런던에서 극작가로서 나름대로 확고한 위치에 서게 된다. 초기작에 습작이라 할지라도 셰익스피어는 역사적 사실을 그대로 답습하지 않고 자유롭게 조정하고 새로운 사실을 추가하는 등 다양한 방법을 시도했다. 예를 들어 극의 첫 장면은 1422년 헨리 5세의 장례식 장면이지만 1426년 글로스터 공작과 윈체스터 추기경의 다툼이 동시에 이루어져 있다. 또한 이 장면에서 프랑스의 도시들이 함락되고 있다는 소식이 보고되는데 이 중에는 영국이 지배한 적이 없는 곳도 있고 함락 시기도 장례식 시기와 일치하지 않는다. 장미 전쟁의 시작을 알리는 템플 법학원에서의 싸움은 셰익스피어 새롭게 창작한 것이다. 이렇게 셰익스피어는 이 작품에서 시간이나 연대를 새로 구축하고 새로운 사실을 삽입하는 등 창작가로서의 능력을 유감없이 발휘하였다.

『헨리 6세 1부』의 상연은 로즈 극장(the Rose Theatre)의 소유주인 필립 헨슬로우(Philip Henslowe)의 일기를 통해 스트레인지 극단(Lord Strange's Men)에 의해 1592년 3월 3일에 초연되었다고 전해진다. 또한 1681년 도셋 가든 극장(Dorset Garden Thatre)에서 존 크라운(John Crown)의 연출로 듀크 극단(Duke's Company)에 의해 상연되었다고 한다. 그 후 상연되지 않다가 1738년 3월 13일 코벤트 가든(Covent Garden)에서 상연되었다. 1889년에는 스트래트포드에서 오스몬드 티얼(Osmond Tearle)의 연출로 상연되었는데 오스몬드가 직접 탈봇을 연기해 볼거리가 풍성한 역사물을 창조해냈다는 호평을 받았다. 20세기에 들어와 1906년 프랭크 벤슨(F. R. Benson)이 『헨리 6세』 3부작을 연속으로 무대에 올렸다. 벤슨이 직접 탈봇 역을 맡았고, 그의 부인인 콘스탄스 벤슨(Constance Benson)이 마가렛을 연기했다. 영국에서 1923년 1월 29일 로버트 앳킨스(Robert Atkins)의 공연 이후 한동안 공연되지 않다가

1953년 버밍엄 레퍼토리 극장(Birmingham Repertory Theatre)에서 1부가 공연되고 1957년 올드 빅(Old Vic) 극장에서 3부작 전체가 공연되었다. 1963년 피터 홀(Peter Hall)이 존 바턴(John Barton)이 『헨리 6세』 3부작 전편을 <헨리 6세>와 <에드워드 4세> 두 편으로 집약해 개작한 「장미 전쟁」(The Wars of the Roses)을 연출하여 스트렛포드에서 공연하였다. 「장미 전쟁」은 1965년 4월부터 5월까지 BBC 채널에서 방영되었다. 이후, 「장미 전쟁」은 호주, 캐나다, 미국에도 방영되었다. 1977년 테리 핸즈(Terry Hands)의 연출로 왕립 셰익스피어 극단(Royal Shakespeare Company)이 스트랫포드에서 3부작 연속 공연으로 무대 위에 올렸다. 미국에서는 더글라스 씰(Douglas Seale)의 연출로 1935년 7월 25일부터 3일간 버밍엄 레퍼토리 극장 및 올드 빅 극장에서 『헨리 6세』 3부작 전편이 상연되었다. 일본에서는 도쿄를 중심으로 1945년부터 『헨리 6세』 3부작이 처음 공연되었다. 이후 1981년에 3부작을 한 번에 상연된 이후, 2000년도에도 종종 상연되다가 2010년에 3부작을 한편으로 개작하여 상연되었다. 우리나라에서는 『헨리 6세』 3부가 유라시아 극단의 남육현 연출로 2012년 9월에 대학로 설치극장 정미소에서 상연된 바 있지만 아직 『헨리 6세』 1부는 공연된 바가 없다.

• 참고문헌

Burns, Edward. "Introduction." *The Arden Shakespeare: King Henry VI Part I*. London: Methuen, 2000.

Dunton-Downer, Leslie and Riding, Alan. *Essential Shakespeare Handbook*. London: Dorling Kindersley, 2004.

Hattaway, Michael. "Introduction." *The New Cambridge Shakespeare: The Second Part of King Henry VI*. Cambridge: Cambridge UP, 1991.

Shakespeare, *William. The Arden Shakespeare: King Henry VI Part I*. Ed. Edward Burns. London: Methuen, 2000.

한국셰익스피어학회. 『셰익스피어 연극사전』 서울: 동인, 2005.

셰익스피어 생애 및 작품 연보

셰익스피어의 생애와 작품의 집필연대 중 일부는 비교적 정확히 기록되어 있는 자료에 의존할 수 있지만, 대부분은 막연한 자료와 기록의 부족으로 그 시기를 추정할 수밖에 없으며, 특히 작품 연보의 경우 학자들에 따라 순서나 시기에 차이가 있음을 밝힌다.

1564	잉글랜드 중부 소읍 스트랫포드 어폰 에이번Stratford-upon-Avon 출생(4월 23일). 가죽 가공과 장갑 제조업 등 상공업에 종사하면서 마을 유지가 되어 1568년에는 읍장에 해당하는 직high bailiff을 지낸 경력이 있는 존 셰익스피어와, 인근 마을의 부농 출신으로 어느 정도 재산을 상속받은 메리 아든Mary Arden 사이에서 셋째로 출생. 유복한 가정의 아들로 유년시절을 보냄.
1571	마을의 문법학교Grammar School에 입학했을 것으로 추정.
1578	문법학교를 졸업했을 것으로 추정. 졸업 무렵 부친 존은 세금도 내지 못하고 집을 담보로 40파운드 빚을 냄.
1579	부친 존이 아내가 상속받은 소유지와 집을 팔 정도로 가세가 갑자기 어려워짐.
1582	18세에 부농 집안의 딸로 8년 연상인 26세의 앤 해서웨이 Anne Hathaway와 결혼(11월 27일 결혼 허가 기록).
1583	결혼 후 6개월 만에 맏딸 수잔나Susanna 탄생(5월 26일 세례 기록).
1585	아들 햄넷Hamnet과 딸 쥬디스Judith(이란성 쌍둥이) 탄생(2월 2일 세례 기록).

1585~1592	'행방불명 기간'lost years으로 알려진 8년간의 행방에 관한 자료가 거의 없음. 학교 선생, 변호사, 군인 혹은 선원이 되었을 것으로 다양하게 추측. 대체로 쌍둥이 출생 이후 어떤 시점(1587년)에 식구들을 두고 런던으로 상경하여 극단에 참여, 지방과 런던에서 배우이자 극작가로서 경험을 쌓았을 것으로 추측.
1590~1594	1기(습작기): 주로 사극과 희극 집필.
1590~1591	초기 희극 『베로나의 두 신사』(*The Two Gentlemen of Verona*) 『말괄량이 길들이기』(*The Taming of the Shrew*)
1591	『헨리 6세 2부』(*Henry VI*, Part II)(공저 가능성) 『헨리 6세 3부』(*Henry VI*, Part III)(공저 가능성)
1592	『헨리 6세 1부』(*Henry VI*, Part I)(토머스 내쉬Thomas Nashe 와 공저 추정) 『타이터스 앤드러니커스』(*Titus Andronicus*)(조지 필George Peele과 공동 집필/개작 추정)
1592~1593	『리처드 3세』(*Richard III*)
1592~1594	봄까지 흑사병 때문에 런던의 극장들이 폐쇄됨.
1593	「비너스와 아도니스」(*Venus and Adonis*)(시집)
1594	「루크리스의 강간」(*The Rape of Lucrece*)(시집) 두 시집 모두 자신이 직접 인쇄 작업을 담당했던 것으로 추정되며, 사우샘프턴 백작The third Earl of Southampton에게 헌사하는 형식. 챔벌린 극단Lord Chamberlain's Men의 배우 및 극작가, 주주로 활동.
1593~1603 및 이후	『소네트』(*Sonnets*)

1594	『실수 연발』(*The Comedy of Errors*)
1594~1595	『사랑의 헛수고』(*Love's Labour's Lost*)

1595~1600	2기(성장기): 낭만희극, 희극, 사극, 로마극 등 다양한 장르 집필.
1595~1596	『로미오와 줄리엣』(*Romeo and Juliet*)
	『리처드 2세』(*Richard II*)
	『한여름 밤의 꿈』(*A Midsummer Night's Dream*)
	『존 왕』(*King John*)
1596	아들 햄넷 사망(11세, 8월 11일 매장).
	부친의 가족 문장 사용 신청을 주도하여 허락됨(10월 20일).
1596~1597	『베니스의 상인』(*The Merchant of Venice*)
	『헨리 4세 1부』(*Henry IV, Part I*)
	스트랫포드에 뉴 플레이스 저택Great House of New Place 구입
	(마을에서 두 번째로 큰 저택으로 런던 생활 후 은퇴해서 죽
	을 때까지 그곳에 기거).
1598	벤 존슨Ben Jonson의 희곡 무대에 출연.
1598~1599	『헨리 4세 2부』(*Henry IV*, Part II)
	『헛소동』(*Much Ado About Nothing*)
	『헨리 5세』(*Henry V*)
1599	시어터 극장The Theatre에서 공연하던 셰익스피어의 극단이 땅
	주인의 임대계약 연장을 거부하자 '극장'을 분해하여 템즈강
	남쪽 뱅크사이드 구역으로 옮겨 글로브 극장The Globe을 짓고
	이곳에서 공연. 지분을 투자하여 극장 공동 경영자가 됨.
1599~1600	『줄리어스 시저』(*Julius Caesar*)
	『좋으실 대로』(*As You Like It*)

1601~1608	3기(원숙기): 주로 4대 비극작품이 집필, 공연된 인생의 절정기
1600~1601	『햄릿』(*Hamlet*)
	『윈저의 즐거운 아낙네들』(*The Merry Wives of Windsor*)
	『십이야』(*Twelfth Night*)
1601	「불사조와 거북」(*The Phoenix and the Turtle*)(시집)
	아버지 존 사망(9월 8일 장례).
1601~1602	『트로일러스와 크레시다』(*Troilus and Cressida*)
1603	엘리자베스 여왕 사망(3월 24일). 추밀원이 스코틀랜드의 제
	임스 6세를 잉글랜드의 제임스 1세로 선포.
	제임스 1세 런던 도착(5월 7일) 후 셰익스피어 극단 명칭이
	챔벌린 경의 극단에서 국왕의 후원을 받는 국왕 극단King's
	Men으로 격상되는 영예(5월 19일).
	제임스 1세 즉위(7월 25일).
1603~1604	『자에는 자로』(*Measure for Measure*)
	『오셀로』(*Othello*)
1605	『끝이 좋으면 모두 좋다』(*All's Well That Ends Well*)
	『아테네의 타이몬』(*Timon of Athens*)(토머스 미들턴Thomas
	Middleton과 공동작업)
1605~1606	『리어 왕』(*King Lear*)
1606	『맥베스』(*Macbeth*)
	『안토니와 클레오파트라』(*Antony and Cleopatra*)
1607	딸 수잔나, 성공적인 내과의사인 존 홀John Hall과 결혼(6월 5일).
1607~1608	『페리클레스』(*Pericles*)(조지 윌킨스George Wilkins와 공동작업)
	『코리올레이너스』(*Coriolanus*)

1608~1613	제4기: 일련의 희비극 집필.
1608	셰익스피어 극장이 실내 극장인 블랙프라이어스Blackfriars 극장을 동료배우들과 함께 합자하여 임대함(8월 9일).
	어머니 메리 사망(9월 9일 장례).
1609	셰익스피어 극장이 블랙프라이어스 극장 흡수, 글로브 극장과 함께 두 개의 극장 소유.
1609~1610	『심벌린』(*Cymbeline*)
1610~1611	『겨울 이야기』(*The Winter's Tale*)
	『태풍』(*The Tempest*)
1611	고향 스트랫포드로 돌아가 은퇴 추정.
1613	『헨리 8세』(*Henry VIII*)(존 플레처John Fletcher와 공동작업설)
	『헨리 8세』 공연 도중 글로브 극장 화재로 전소됨(6월 29일).
1613~1614	『두 사촌 귀족』(*The Two Noble Kinsmen*)(존 플레처와 공동작업)
1614~1616	말년: 주로 고향 스트랫포드의 뉴 플레이스 저택에서 행복하고 평온한 삶 영위.
1616	둘째 딸 쥬디스, 포도주 상인 토마스 퀴니Thomas Quiney와 결혼(2월 10일).
	쥬디스의 상속분을 퀴니가 장악하지 않도록 유언장 수정(3월 25일).
	스트랫포드에서 사망(4월 23일. 성 삼위일체 교회 내에 안장).
1623	『페리클레스』를 제외한 36편의 극작품들이 글로브 극장 시절 동료 배우 존 헤밍John Heminge과 헨리 콘델Henry Condell이 편집한 전집 초판인 제1이절판으로 출판됨.
	아내 앤 해서웨이 사망(8월 6일).

옮긴이 **오수진**
한국외국어대학교 영어과 졸업. 동대학원 영문학과 석 · 박사
현재 서원대학교 조교수로 재직 중이다
논문으로는 「『겨울이야기』(*The Winter's Tale*)에 나타난 장르의 변화」, 「『햄릿』에 나타난 이야기하는 그림」, 「셰익스피어의『겨울이야기』: 에크프라시스」, 「『리어왕』에 나타난 재현방식의 파라고네와 상호작용」 외 다수가 있다.

헨리 6세 1부

초판 발행일 2016년 10월 15일

옮긴이 오수진
발행인 이성모
발행처 도서출판 동인
주 소 서울시 종로구 혜화로3길 5 118호
등 록 제1-1599호
TEL (02) 765-7145 / FAX (02) 765-7165
E-mail dongin60@chol.com
ISBN 978-89-5506-728-6
정 가 10,000원